YEDİVEREN

Okuma alışkanlığınız...

YEDİVEREN

Yalnızım Çünkü Sen Varsın

Kahraman Tazeoğlu

Tür: *Roman*

Genel Yayın Yönetmeni: Gökhan Alperen Bayrak
Yayın Yönetmeni: Samet Baysal
Editör: Nurçin Metingil
Metin Editörü: Büşra Girgin
Kapak Tasarımı: Yiğit Recep Efe
İç Tasarım: Murat Bülbül

Baskı: Mayıs 2021
ISBN: 978-605-269-174-8
Sertifika No:29485

Matbaa: Çalış Ofset
Davutpaşa Cad. Yılanlı Ayazma Sk. No: 8
Davutpaşa - Topkapı / İstanbul
Tel: 0212 482 11 04
Sertifika No:45159

Yediveren Yayınları Eğitim Hiz. Tic. Ltd. Şti.
Ticaret Sicil No: 893116
Şenlikköy Mahallesi, Şehit Muammer Yüzsüren Sk.
No: 17 B Blok D: 2 Florya - Bakırköy / İstanbul
Tel: +90 212 506 13 84 - 85
www.yediveren.com.tr

Yalnızım Çünkü Sen Varsın

Kahraman Tazeoğlu'ndan

YEDİVEREN

Merhemim değilsen
yarama yaklaşma!

BİRİNCİ BÖLÜM

Bazen beni izlediğini düşünürüm. Kapıda durmuş, öylece bana bakarken hayal ederim onu. Omzunu yaslamış, yine o dalgın hâliyle orada öylece durur. Böyle zamanlarda aslında bana bakmadığını bilirdim. Yani eskiden demek istiyorum. Öylece dururken bakışları içimden geçip başka bir yere gidiyormuş gibi ürperirdim. İlk başta bana dikkatle bakıyormuş gibi gelirdi. Delicesine bir mutluluk yüreğimi yumruklardı. Sonra en hassas yerinden çivi yemiş bir top gibi olur, sönerdi. Çünkü o zaman aslında bana bakmadığını anlardım.

Onu kaybettiğimden beri zaman zaman kapılarda durup beni yine öyle izlediğini düşünürüm. Bu hep kendimi sorgulamama neden olur. Doğru yerde miyim? Gerektiği gibi davranıyor muyum? Şimdi yine oradan bana bakarken aynı şeyi yapıyor; kendimi sorgulamama sebep oluyor. Şu masada otururken yine kendimi tartıyorum. Ona eksik miyim, yoksa fazla mı?

Yas tutmayan ama ömrünü yasa çeviren insanlardan olmadım hiçbir zaman. Ama onu görmek için o kadar çok şeye kapattım ki gözlerimi... Sadece kendisi gibi olan, kendisinden olan insanlara insan gözüyle bakanlardan da değildim ama... O benim için herkesten farklı, herkesten değerliydi. Söylemek istediğim o kadar çok şey vardı ki... Ağır ve dramatik bir suskunluğa hapsedilmiş sözlerdi hepsi. Bendim o hapishanenin hem mahkûmu hem gardiyanı... Konuşmak isteyen yanımı hep susturdu diğer yanım. Ve ben yıllarca bu kavganın ortasında kaldım. Döven de bendim, dayak yiyen de... Haklı da bendim haksız da... Gerekli gereksiz bir sürü insan yeryüzünde dolaşıyordu ama sadece bir tanesi kayıptı. Geçmişimde ona takılı kalmamın sebebi onunla aramızdaki kopuk bağ da değildi aslında. O, eski ama eskimeyen, hafızamda dip diri duran bir şarkıydı benim için. Durmaksızın dinlediğim, her dinlediğimde eskimesinden korktuğum... Tekrar tekrar dinlememin nedeni, şarkıya değil o şarkıyı dinlediğim zamanlardaki kendime olan özlemimdi belki de...

O durup bana öylece bakarken şimdi düşünüyorum da aslında dünümle bugünüme köprü kuruyor sanki bakışları. Yine ona bakarken geçmişe uzanıyorum. Basit bir geçmiş karmaşık bir gelecek hazırlar bazen. Saf çocukluğunun korunaklı bahçesinde her şeyden habersiz büyürken bilemezsin bunları. Delilerin deli olduklarını bilmemesi gibi... Saf, masum ve savunmasızsındır çünkü. Kötülüğün istilasına uğramamışsındır daha... Ki çocuklar kötülüğü, nefreti büyüklerinden öğrenir en çok. Aldığın ilk yaradan, ilk kayıptan, ilk acıdan sonra biliyorsundur artık güçlü olmanın gerekliliğini, denize düşenin değil çıkamayanın boğulduğunu. Çırpınırken tutunduğun her elin seni kurtarmak için uzatılmadığını...

Başkaları sana akıl verirken verdiği aklın kendisine ne gibi bir faydası olacağını da hesaplıyor! Ve sen geleceğinin kuyusunu onlarla birlikte kazıyorsun. O bedeli sana o aklı veren ödemeyecek olnasılsa. Belki hayatımı zorlaştırmak için uğraşan çok fazla kişi olmadı ama kolaylaşmaması için nöbet tutanları da biliyorum. İnsanlar seni üzme cesaretini senden alıyorlar aslında. Üzmelerine sen izin veriyorsun. Onlara söylenecek tek bir söz: Merhemim değilsen yarama yaklaşma!

Yaptığı iyiliğin karşılığının kaybolma telaşını bastırmak için içinde ilk günkü gibi duran, hiç kullanılmamış vicdanlarıyla dostlarına gülümseyen insanlar da buna dahil! Bunu da artık üzerimde bakışlarını hissetmek zorunda olmadığım birinden öğrendim. Bir yerlerde sessizce yaşamına devam ederken "Bana ilişmeyin!" diye haykıran bakışları olurdu. Ne bana merhem olabildi ne kendine. Sonunda merhemsiz iç dünyasında yalnızlaşıp bana da acı acı böyle olması gerektiğini öğretti. Ben denize düştüğümde yılana sarılmamak için öğrendim yüzmeyi. Şimdi de düşmemeyi öğreniyorum ama yüzme biliyor olmak kendi denizine düşende bir işe yaramıyor ne yazık ki. Düşmenin en iyi yanı kalkmaktan başka çarenin kalmaması. Seni kaldıracak olan şeyse inançların olacak; ayakların değil. Bedeller ödeyeceksin. Kaybettiklerine üzülmemeyi öğreneceksin. Kayıpların belki de fazlalıklarındı ne biliyorsun? İnsan kaybettiğinde değil yitirdiğinde üzülmeli. İkisi aynı şey değil çünkü. Ben ikisini de yaşadım. İyi biliyorum. Bu ayrımı yapabilmek için çok yol kat ettim. Hayal meyal hatırladığım bu yolda kendimi artık tecrübeli sayabilirim. Seni bırakıp gidenlere kızıyorsan onlar kaybettiklerindir, üzülüyorsan yitirdiklerindir. Kazanırken kaybettiklerimiz ile kaybederken kazandıklarımız yarışırken elimizde kalanlardan ibarettir hayat. Kaybedeceklerimi biriktirmemeyi öğreneli çok oldu. Zamanla öğreniyor insan yarasıyla uzlaşmayı, kabuğuyla konuşmayı...Bir de vazgeçmek denen bir şey var. En çetin direniş vazgeçmektir bazı durumlarda. En hüzünlü yenilgi ise vazgeçmek zorunda kalmaktır. İlkinde kendi iraden, ikincisinde vazgeçenin iradesi baş rol oynar. Peki hangisi daha derin yaralar bırakır sende? Avuçlarından kayıp gidenlere mi yoksa kendi bıraktıklarına mı daha çok üzülür insan bir düşün? Düşün ama bunları düşünürken geçmişe, anılara ve acılara saplanıp kalma. Geçmişe takılıp kalırsan onun kölesi olursun. Ama geçmişinden ders alırsan geleceğinin de efendisisin demektir. Başına neler geldiğiyle ilgileneceğine onlarla nasıl baş edebileceğine kafa yormalı insan.

Aklımın bulanıklığı, savaşı, yorgunluğu ve çaresiz bir kabullenişlikle uyuşuk bir devamlılığa çırpınışı nasıl da net, değil mi? Bunca şeyi söylerken kafamın içinde kendimi sayısız şeye ikna etmeye çalıştığımı biliyorum. Kendime verdiğim akılda düğümlenişim ise güçlü olduğuma ikna etmeye çalışan kırılganlığımda. Onca şeyi sana, ona, buna değil, aslında kendime söylüyorum. Kırk kapıya içtenlikle dağıttığım sevgi, şefkat ve güzel olan daha nice şey bende hiç oluyor. Bu yüzden ağız dolusu bunca laf benim iyileşmeme yetmiyor. Çünkü ben geçmişiyle barışamamış, annesinin eline yapışan korkak bir çocuğum.

Kimi anılarla kimi acılar iç içedir. Hangisine bakarken içine daha çok düşüyorsun? Acılara bakınca hatırlanan anılara mı anılara bakınca hatırlanan acılara mı? Bu tamamen senin iradenle ilgili. Onlar geçmişin dehlizlerinde kalsalar da etkilerinden hiçbir şey kaybetmiyorlar. Adı uzak geçmiş olsa da acıtıyorlar. Bir sebebi olmalı değil mi uzakların bu kadar yakından saldırmasının? Hem sen de bilirsin o şarkıyı *"Kül olmaz ateş yanmadan. Denizler durulmaz dalgalanmadan..."*

Zordur bunlarla baş edebilmek. Güçlü olmak bu yüzden gereklidir zaten. Bu mücadeleyi verirken dikkat etmen gereken en önemli şey kendini kandırmamak olmalıdır. Kendini kandırmak önce görmeden inanmak sonra inandığını görmeye başlamaktır. Her şeyin başladığı yere değil de çözüleceği yere gitmeli belki de. Yok, ben her şeyin çözülmeye başladığı yere, yani o ihtişamlı masama döneceğim.

Başımı eğip masada duran randevu takvimine baktım. Beril Hanım randevusunu iptal etmiş yine. Telefonu elime alıp sekretaryayı tuşluyorum. Bu iptal ettiği üçüncü randevusu. Eğer bir şeyler yapmazsam onu tamamen kaybedebilirim. Derin bir nefes aldım.

- Fazıl Bey, Beril Hanım randevusunu yine mi iptal etti?

- Evet Efil Hanım.

- Kendisi bir gerekçe sundu mu?

Telefonun ucunda bir sessizlik oldu. Sonra hüzünlü bir sesle konuştu. "Efil Hanım, onu getirecek biri olmadığını söyledi."

İstemsizce gözlerimi yumdum. Hayatı boyunca çocuklarına tek başına bakmıştı. Kimsenin yardımını istemeden tüm ihtiyaçlarına yetişebilmişti. Karşısına oturup anlattıklarını dinlerken gözlerinin içinde sıkışıp kalan o kadını görürüm. Bir imdat fişeği gibi çakar gözleri. Öyle belirginleşir ki öylece geçip gidemeyeceğimden emin olurum. Onu görmeyeli üç hafta oluyor. Oysaki son görüştüğümüzde ilerleme kaydettiğimizi düşünmüştüm.

- Uykularınız düzenli mi Beril Hanım?

Gözlerinin altındaki morluklar ele veriyordu ama ondan duymak istiyordum.

- Yani, şey... Dün gece biraz uyudum. Bir iki saat kadar dalmışım. Gece uyandığımda çok susamıştım. Su içip yattım ama...

Burada bir kez yutkundu. Onun yerine cümleyi tamamlama ihtiyacı hissettim.

- Ama tekrar uykuya dalamadınız.

Hemen itiraz etti.

- Hayır, daldım. Yatmadan evvel saati kontrol ettiğimde 02:58'di. Yatar yatmaz uykuya daldım.

- Anlıyorum. Sonra ne oldu?

Yüzünü odanın öbür ucuna çevirdi. Sanki dün gecedeki hâline bakıyordu. "Korkunç bir şeydi." dedi. Sonra kollarıyla kendini sardı.

- O pi...pis yüzüyle yatağın diğer ucuna uzanmış bana bakıyordu.

Dalgın bakışlarını bu kez bana dikti. Kelimeleri ne kadar vurgularsa vurgulasın sanki istediği sertlikte çıkmıyordu. Sanki yaşadığı dehşeti tam olarak ifade edemiyordu. Evet, bakışlarını dikti ve bir süre gözlerini hiç kırpmadan bana baktı.

- Öyle yakındı ki nefesini yüzümde hissedebiliyordum. Yataktan düşmeyi göze alarak kendimi geriye doğru attım ama beni ensemden yakaladı.

Anlattıklarını dehşet içinde dinliyordum.

- Ben... ben kaçamadım. Yine!..

Vücudu yeniden bu saldırının depremini yaşıyormuş gibi titriyordu. Gözyaşlarını bıraksa bir kez daha yenilecekmiş gibi var gücüyle sıkıyordu kendini. Titreyen dudakları konuşmasına engel oluyordu. Çenesi kaskatıydı.

- Yine sımsıkı tuttu kollarımdan. Bileklerimden yatağa bastırdı. Ağırlığı tonlarcaydı sanki. Altında kuş kadardım. Kaçamadım.

Son kelime kaçar gibi çıkmıştı ağzından. Eğer kaçmazsa sonsuza dek içerde kalacak ve bir tümör gibi yayılıp ölümüne neden olacak gibi fırlamıştı. Gözyaşları devam etmesine imkân vermiyordu.

- Bunları benimle paylaştığınıza memnun oldum, dedim bir nefeslik mola verebilmesi için. "Artık konuşabiliyoruz. Ne güzel değil mi?"

Dikkatini güzel bir şeye çekmeye çalışıyordum. Devam edebilmemiz için sakinleşmesi gerekiyordu. Göğsünde sıkışan havayı bir çırpıda atmaya çalışırcasına debelendi. Önündeki sehpada duran boş bardağa su doldurup geri çekildim. Bu ağırlığı atmak için biraz zaman tanımalıydım. Bir şey demeden öylece oturdum.

Bir müddet sonra hıçkırıkları kesildi. Nefes alış verişi sakinleşmişti.

- Daha iyi misiniz?

Bardaktan bir yudum aldı. Sonra başını salladı.

- Devam etmek istiyor musunuz?

Bardak hâlâ elindeydi. Sehpaya bırakıp yavaşça geri çekildi. Yanıt vermek için zaman kazanıyor gibiydi. Ayağa kalktı. Odanın içinde birkaç adımlık voltalar atıyordu. Sonunda konuştu.

- Her şey bittiğinde ter içinde kalmıştım. Hemen ayağa fırladım. Sonra telefona sarıldım. O sırada gördüm. Saat 03:01'di.

Böyle söyleyince ne kadar hesaplı bir anlatış olduğunu fark ettim. Buraya gelene kadar defalarca kendi kendine bunu anlatmış olmalıydı. Her şeyi böyle sıralı anlatması buna işaret ediyordu.

- Peki, sonra?

Bir nefes bıraktı. Sertçe ısırdığı dudaklarını serbest bırakıp elleriyle saçlarını düzeltti. Bakır rengi saçlarından bir tel kurtulup yere kavuştu.

- Sonra etrafıma bakındım. Elimde telefonla kalakaldım. Yalnızdım. Kimse yoktu.

Koltuğa döndü. Kaşlarını çatıp bana doğru baktı. "Anlamıyorum. Rüya mıydı, yoksa hayal mi görüyordum?"

Bir şey söylemedim. O devam etti.

- O kadar gerçekti ki ikisinden biri olduğuna bile inanmak çok güç.

- Sizce bunu anlamanın bir yolu var mı?

Bir süre düşündü. Gözlerini yere çevirdi. Yanıtı oralarda bir yerlerde bulacakmış gibi yeri deşiyordu bakışları. Gözünü kırpmadan öylece baktı bir süre. Sonra kapıya yöneldi bakışları. Öyle derin bakıyordu ki bir an annemi o da görüyor sandım.

- İlk yaptığım şey buydu zaten, dedi.

Bakışlarını bacaklarına çevirip elleriyle yokladı. O anı yeniden yaşıyor gibiydi.

- Baktım. Hâlâ giyinik olup olmadığıma baktım. Giyiniktim ama o leş kokan nefesini hâlâ duyabiliyordum.

Havayı kokladı bir süre. "Hala duyabiliyorum. Buradaymış gibi... Her an beni yakalayacakmış gibi... Koku... Koku hiç gitmiyor."

- Çocuklarınızla görüşüyor musun, diye sordum. Hem onu sakinleştirmek hem de son durumunu öğrenmek için sormuştum bu soruyu.

Anlamamış gibi baktı.

- Çocuklar... Onları en son ne zaman gördünüz?

Kafasını salladı. Kafasında düşünceler al takke ver külah olmuş, silkeleyince düşüncelerin yenisi gelecekmiş gibi yapıyordu bunu.

- Şey, onlar...

Düşünce bulutunu kovalayıp konuştum. "Anladım. Teşekkür ederim."

- Rica ederim, dedi. Sesi çaresiz geliyordu. Belki de bu çaresizlik büyümüş tekrar gelmesine mani olmuştu.

Fazıl Bey böyleydi. Elinden bir şey gelmediği durumlarda gerçek anlamda dertlenirdi. Onunla çalışmayı bu yüzden seviyordum. Ne zaman hayat amacımda bir şüpheye düşsem, kendimi bunun için fazla yorgun hissetsem bana ümit verirdi. Sadece kendi olarak bana ümit verirdi. Belki kendisi farkında değildi ama içinde büyük bir bilge vardı sanki. Bilmiyorum ya da bana öyle gelirdi. Çok konuşmazdı. Her şeye bir cevabı varken kimseye bir sorusu olmayan insanlardan da değildi. İşini düzgün yapmaya çalışırdı her zaman. Çok fazla entelektüel birikime sahip değildi ama kırk yaşına dayanmış biri olsa da kendini yetiştirmek, yeni bir şeyler öğrenmek için uğraşır, boş zamanlarında sürekli kitap okurdu. Kıt kanaat geçinen biri olmasına rağmen maaşının ciddi bir bölümünü kitaplara yatırırdı. Buna mecbur değildi aslında. Cahil biri olarak da kalabilirdi. Yaptığı iş için gerekli değildi bu kültürel birikim. Cahil kalmak öğrenmekten çok daha ucuzdu ama sonuçları pahalıya patlardı. Zaten cahil kalmak değil bundan rahatsızlık duymamak değil mi asıl dram? Bu durumun farkında mıydı bilmiyorum ama böyle davranması çok hoşuma gidiyor, onu gözümde daha saygın hâle getiriyordu.

Beril Hanım için bir şeyler yapmalıydım. Evine gidemezdim. Bu doğru olmazdı. Onu buraya çekebilecek bir şeye ihtiyacım vardı. Düşünceler peşi sıra geliyor ama hiçbiri işimi görmüyordu. Bu tıpkı onlarca trenin güzergahındaki bir istasyonda beklemek gibiydi. Hepsi gelip geçiyordu ama benim beklediğim ortalarda yoktu. Bu sırada düşünce bulutumu dağıtan bir siluet belirdi kapıda. Hayır, annem değil. Kemal Hoca...

Kemal hoca ile üniversitenin ilk yılında, hatta ilk gününde karşılaşmıştık. Binanın büyüklüğü gözümü korkutmuş, içeri girmeye çekinmiştim. Sonra oryantasyon için düzenlenen tören bitince etkinlikler için sınıflara yönlendirilmiştik. Kendimi öyle yabancı hissetmiştim ki içeri girmeye çekiniyordum. Bu sırada içeriden Kemal Hoca çıktı. Doğruca bana baktı. O geniş gülümsemesini takınıp yanıma geldi.

- Hangi bölümdesin sen?

- Psikoloji.

- Bak seeen...

Daha genişi mümkünmüş gibi hâlâ kocaman gülümsüyordu. Tabii, bu onu ilk görüşüm değildi. Onunla ilk karşılaşmamız çok daha öncesinde babam sayesinde olmuştu. Belki de annem sayesinde demeliyim. Tüm o olanlardan sonra babam bir uzmanın beni görmesi gerektiğini düşünmüştü. Bu uzman, Kemal Bey'di.

Onun karşısına ilk kez oturduğum ânı hatırlıyorum. Büyük pencerelerin olduğu odada kocaman bir masa vardı. Yaklaştıkça masa gözümde büyümüş, babamın arkasına saklanmıştım. Ceketinin kadife kumaşını sıkıca tutmuş, tek gözümle masanın ardında duran adama bakarken onun hakkında hiçbir şey hissedemediğimi hatırlıyorum. Hatırlıyorum çünkü bu oradan gitmek istememin tek sebebiydi. Ne ihtişamlı duvar kağıtları ne o büyük pencereler ne de gittikçe korkutucu gelen o kahverengi masa...

Babamın ceketinin kolunu çekiştirip duruyordum. Az önce selam verdiği bu adamla benimle ilgili konuşuyordu.

- Bize vakit ayırdığınız için teşekkürler. Asistanınız yoğun bir programınız olduğunu söyledi. Yine de sizinle görüşmek için ısrar etmek durumunda kaldım.

Yuvarlak gözlükleri uzun dikdörtgen yüzüne ekstra ciddi bir hava katıyordu. Dalgalı, henüz grileşmeye başlamış saçları sağa doğru taranmıştı. Favorileri normalden biraz uzundu ama bu şekilde olması gerekiyormuş gibi hissettiriyordu. Bu hâliyle onu yaşlanmaya yüz tutmuş bir ağaç gibi düşünmeye başladım. Gövdesini gururla sergileyen bu ağaç, avucumun içinde can çekişen kadife kumaşı salıp babamın arkasından çıkmamı sağladı.

Yerinden hafifçe kalkıp masanın önünde karşılıklı duran koltukları işaret etti.

- Buyurun lütfen.

Babam kararlı bir şekilde oturdu. Ceketini düzeltip yüzünü ona döndü. Sandalyesine henüz oturmamış olduğunu görünce de bakışlarını takip edip bana ulaştı. Yere bir çiviyle çakılmış gibi orada duruyordum. O koltuğa oturmam korkunç bir şeyleri başlatacakmış gibi hissettiriyordu. Babamın kaşları dile gelmiş gibiydi. Koltuğa oturmamı söylüyorlardı. Bacaklarımın babamın kaşlarını göremediğinden neredeyse emindim. Çünkü ona bu kadar uzun süre direnebilmek için o ifadeyi görmemiş olmak lazımdı.

Kemal Bey sandalyesini itip pencereye doğru yürüdü. Ellerini arkasında bağlayıp bir süre dışarıyı seyretti. Sonra omzunun üzerinden bana bakıp önüne döndü.

- Haklısın. Şu yemyeşil ağaçlar varken kahverengi bir masanın ardında oturan yaşlıca bir adamın ilgini çekmemesi normal.

Sonra dönüp gülümsedi. Hayatımda onun kadar kocaman gülümseyen birini görmemiştim. Gülüşüyle sarılıyor gibiydi. "Neden buraya gelmiyorsun?"

Önce babama baktım. En az benim kadar şaşkın görünüyordu. Sonra bu koca gülüşlü adama döndüm. Yerde mıknatıs varmış gibi ilk birkaç adımımı ayaklarımı sürüyerek attım. Bu davetin doğallığı ve samimiyeti sonrakileri kolaylaştırdı. Yanına gelip o büyük pencereden dışarıya baktım. Farklı yönleri hedef alan gradyan biçimindeki çakıl yatağını iki yandan kucaklamış çalılar vardı. Üstleri özenle tıraşlanmıştı. Bahçenin geri kalanı rastgele dizili ağaçlarla doluydu. Tek kaşımı kaldırıp sesimi ayarlamaya çalıştım.

- Şey... Masayı da beğenmiştim aslında.

Başını bana çevirmeden minik bir kahkaha soludu.

- Öyle mi?

Başımı salladım. "Böyle bir masam olsa kendimi önemli hissederdim."

Önce sessiz kaldı. Başımı kaldırıp yüzüne baktım. Boyu upuzundu. Hatta babamdan bile uzun... Gülümsemesi bir anlığına silindi. Sonra o da bana döndü.

- Haydi gel.

Bir asker gibi kararlılıkla arkasını dönüp yürümeye başladı. Peşinden gittim. Masanın öbür tarafına geçip sandalyesini sırtından tuttu. Masanın ardına geçtiği an durmuştum. Masanın kendisinden daha ürkütücü olan bir şey varsa o da arkasına geçmekti.

- Haydi gel, dedi gülümseyerek. Gözleri dudaklarına eşlik ediyordu. "Çekinme."

Bakışlarımı babama çevirdim. Gerekmediğinde konuşmazdı. Yine de bir şeyler söylemesini umdum. Tek kelime etmedi. Ben de yavaş adımlarla masanın arkasına geçtim. Sandalyeyi çekip oturmama yardım etti. Sonra nezaketle itti. Ardından babamın karşısındaki koltuğa geçip oturdu. En az masa kadar görkemli olan bu sandalyede oturmak, ilginçtir, sihirli duyguların kapısını aralamıştı. Yüreğim kanat takmış gibi özgürdü sanki orada otururken... Haklıydım. Bu masa bana kendimi önemli hissettirmişti.

Benim karmakarışık hâlimi fark etmeyen babam konuya girdi.

- Efil...

Kemal Bey babamın sözünü kesti.

- Tamam, onu görmeyi isterim, dedi.

- Teşekkür ederiz.

Babamın işaretiyle ayağa fırladım. Kemal Bey'in elini sıktı. Sonra kapıya yöneldi. Tam odadan çıkacaktık ki sesi duyuldu.

- Ceviz, dedi. "Masa ceviz ağacından yapıldı."

- Ceviz, dedim gülümseyerek.

Sonra dışarı çıktık. Babam kapıyı ardımızdan kapatırken homurdandı. "Ne tuhaf adam bu böyle!"

İşte o gün kapanan o kapı beni bugüne getirdi.

Kollarını bağlamış duran Kemal Hoca'nın gülümsemesine eşlik ettim.

- Gelsenize. Aa, haklısınız. Yemyeşil ağaçlar varken kahverengi bir masanın ardında oturan birinin ilginizi çekmemesi normal.

Bir kahkaha patlattı. Sonra kollarını serbest bırakıp içeri girdi. "Seni üzgün bulurum sanıyordum. Beril Hanım yine iptal etmiş randevuyu, öyle mi?"

Anılarıma beraber gidemememiz ne üzücü diye düşündüm. Sonra silinen gülümsememle yanıtladım.

- Ah, evet. Bir şekilde onu geri kazanmam lazım. Son görüştüğümüz günü kafamda defalarca oynatıyorum ama onun buraya gelmesine engel olan şeyi bulamadım.

- Olayları neden-sonuç ilişkisiyle incelemek, kaseti başa alıp tekrar oynatmak bazen tüm sorunların cevabını önümüze koyar.

Bazen de bunu yapmak kasetin bozulmasına, belli bölgelerinin zarar görmesine neden olur.

Kemal Hoca'nın gözlerinin içine bakarken bir an kayboldum. Gözlerindeki sıcaklık silinmeye başladı. Başka birinin gözlerine bakıyordum şimdi. Beraber gidemeyeceğimiz başka bir anıya sürüklenmiştim.

- Efil? Efil!

Babamın sesi kulaklarımı yakıyordu. Elimi başıma götürdüm. Parmaklarımı saçlarımın arasında gezdirmeye başladım. Bir yer ağrıyordu ve ben de o yeri bulmaya çalışıyordum.

- Ne oldu bana?

- Ufak bir nöbet geçirdin. Nasıl hissediyorsun?

Babamı ilk kez bu kadar telaşlı konuşurken duyuyordum. Başımın ağrısı mı böyle hissetmeme neden oluyordu acaba? Gözlerimi kısıp yüzüne bakmaya çalıştım ama ışık gözlerimi acıtıyordu.

- Işığı kapatır mısın?

Hemen kalkıp lambayı kapattı. Bu sırada kapı çaldı. Sesi bir atmaca çığlığı gibi gelmişti. "Ahh! Başım..."

Eve paldır küldür birileri girdi. Biri elinde bir çanta taşıyordu. Gözlerim kalabalığı seçince bunların sağlık çalışanları olduğunu fark ettim. Ayakkabılarıyla halılara basıyorlardı. Annemi düşündüm. Halıların temizliğini hâlâ sorun ediyor muydu acaba?

Çalışanlardan biri gözlerime ışık tuttu. "Ah! Ağrıyor. Başım!!"

- Düşerken başını vurdu mu, diye sordu diğeri.

- Hayır ama düştükten sonra kasılmaya başladı. Ben altına bir şey koyana kadar başı yere birkaç kez çarpmış olmalı.

- Tamam. Her ihtimale karşı nakledelim. Aracınız var mı?

- Işık! Baba, ışık!

Bunun bir önemi kalmamıştı. Çünkü beni turuncu bir sedyeye alıp sıkıca ve güvenli bir şekilde bağladılar. Kapıdan dikkatlice çıkarıp ambulansa bindirdiler. Karavanda değil miydik? Burası neresi ki?

- Baba? Karavanımız nerde?

Babam da benimle binmişti. Önce yüzüme baktı. Ne olduğunu anlamaya çalışıyor gibi bir hâli vardı. Sonra görevliye döndü.

- Bizim karavanımız yok.

Işık gözlerimi acıtınca daha fazla dayanamayıp gözlerimi yumdum.

Kemal Hoca sordu.

- Buraya ilk geldiğin günü hatırlıyor musun?

Silkelenip o anıdan uzaklaştım. Gülümsedim. "Evet."

Masanın yüzeyinde parmaklarını gezdirdi.

- Sizinle o gün nezaketen görüşmüştüm. Yüz yüze konuşacak, kibar bir dille size vakit ayıramayacağımı söyleyecektim.

Şaşırmıştım. Bunu ilk kez söylüyordu. "Öyle mi? Neden söylemediniz peki?"

Gözleri daldı. Sonra gülümsedi.

- Çünkü masanın diğer tarafına geçmeye beni mecbur etmiştin.

Anlayamamıştım. Ancak gülmeyi tercih ettim.

- Benden intikam almayacaksınız değil mi?

Kahkahası odanın her yerine doldu birden. "Ah, sana bunca işi neden yıkıyorum sanıyorsun?"

- Aa... O yüzden miydi? O hâlde bana iyilik etmişsiniz.

- Tüh, ne yapalım? Artık vazgeçeceğim.

Gülüştük. Sonra devam etti konuşmaya. Gözleri dalmıştı.

- Uzun süre bu masanın ardından bakınca dünyaya, insan kendini gerçekten önemli biri sanıyor. Hepsinden üstünmüşsün gibi akıl verip duruyorsun.

Masamın üzerinde gezdirdiği elini kaldırıp işaret parmağıyla iki kez vurdu.

- O gün kurduğun cümle masanın diğer tarafında duranlara nasıl hissettirdiğimi fark etmemi sağladı. Önce beni o büyülü alandan çıkardın. O masanın ardından değil de başka bir yerden bakmamı sağladın. Sonra ne demiştin hatırlıyor musun?

- Böyle bir masam olsa kendimi önemli hissederdim.

- Evet. Böyle bir masam olsa kendimi önemli hissederdim.

Masaya bir kez daha hafifçe vurup ayağa kalktı. Pencerenin önüne gidip bir süre dışarıyı izledi. Ellerini yine arkasında kenetlemişti. Sonra aniden döndü.

- Sendin aslında önemli olan ve tabii diğerleri... Ben bu mesleği seçerken kendimi, kazanacağım prestiji düşünmemiştim ki... Ceviz ağacından kendime makam kurmaya gelmedim buraya. Bunca odası olan bu binayı kendi rahatım için istememiştim ki...

Nereye varacağını anlamaya çalışıyordum. Araya girersem vazgeçer diye korktum. Bu yüzden izin verdim devam etmesine. Hızla yaklaştı ve ellerini masaya dayadı. Şimdi eğilerek konuşuyordu.

- Bu masa bir araç, amaç değil. Bu yüzden işimize yaramadığında oradan kalkıp başka bir yerden bakmak zorundayız.

Yuvarlak çerçeveli gözlükleri yoktu. Sanırım odasında bırakmıştı.

- Yani?

Sonunu merak ettiğim bir hikâyeyi dinliyor gibi sabırsızdım. Beklediğim cevap gelmeyince tekrar sordum.

- Yani?

Doğrulup elini havada salladı. "Yani ne yapman gerekiyor?"

Gözlerim bir ışık demetiyle buluşmuştu sanki. Aniden elimi havaya kaldırdım.

- Ha, Beril Hanım!

- Günaydın. Şu masanın üstünde uyuma. Belin tutulur.

- Başka bir yerden bakmalıyım, dedim.

- Evet. Bazen de geriye sarmalısın.

Kapıya yöneldi. Arkasından seslendim.

- Geriye sararsam ne dediği anlaşılacak mı?

Dönmeden yanıtladı.

- Sen de öteki tarafa geçtiğin için geriye sardığını anlamayacaksın bile.

Yine dönmeden elini kaldırdı. "Beril Hanım'ı bizzat ara" dedi ve çıkıp gitti. Annem de gitmişti.

İş telefonunu alıp rehberde Beril Hanım'ı buldum. Arama ikonuna bastım. Çalma sesini duyunca birden yerimden kalktım. Dosdoğru pencerenin önüne gittim. O devasa pencerenin önünde kendimi yine on dört yaşında hissediyordum. Bir genç kız kadar heyecanlı ama bir o kadar da karmakarışık. Olabileceklere dair koca bir umudum vardı ama onları yapmaya girişemeyecek kadar da kendimden habersizdim.

Hala çalıyordu. Çakıl yatağına gözüm ilişti. Tüm bu tersine düşünme fikri her şeye yeniden bakmama sebep oluyordu.

- Acaba çakıl yatağının manzarası ağaçlar mı, yoksa bu bina mı? Belki de binayı çevreleyen şu taştan duvar ve üstündeki demir çubuklardır.

Bir an ses kesildi. Telefon açıldı sandım. Ancak yeniden çalma sesi duyuldu. Bu kez de açılmayacağını düşünmeye başladım. Beklediğim gibi de oldu. Sonunda arama sonlandı. Bir kez daha aramak istedim ama bir tıklama sesi duyuldu. Fazıl Bey kapıda duruyordu.

- İçeri gelin lütfen, dedim.

Elindeki dosyaları masaya bıraktı. "Her şey yolunda mı?"

- Evet.

Masaya doğru yürüdüm. "Yeni misafirlerimiz mi?"

- Evet. Kemal Bey, arkaya bakan odalara almamı istedi. Sizin ilgilenmenizi istiyor.

- Oradaki odalar dolu sanıyordum.

- Misafirlerimizi ön taraftaki boş odalara transfer ettik. Kemal Bey, "Sürekli aynı pencereden bakmak iyi değil." dedi.

Güldüm. "Doğru demiş."

- Başka bir ricanız yoksa ajandanızı yenileyeceğim. Özellikle boş bırakmamı istediğiniz bir aralık var mı?

- Beril Hanım ile olan randevu saatlerine şimdilik dokunmayın. Fikrini değiştirirse kendisiyle devam etmek istiyorum.

Başıyla onaylayıp çıktı. Arkasından bakarken bir saat boşluğum olduğunu fark ettim. Telefonları alıp çıktım. Bulunduğum koridor boyunca aile danışmanları, çeşitli kademelerdeki psikologlar ve pedagoglar için ayrılmış odalar bulunuyordu. Her katta ikişer oda da misafirlerimizden sorumlu çalışanlarımız için ayrılmıştı. Burası bir tedavi merkezinden öte günlük hayatın hengamesinde işleri yoluna koyamamış kişiler için bir tür inziva yeriydi. Bu odalarda yalnızca gönüllü olarak kalabilirdiniz.

Koridoru iki eşit parçaya bölen merdivenlerin önündeydim şimdi. Amacım misafirlerimizi ziyaret etmekti. Burada kalanlarla günlük olarak ilgilenirdik. Herkesin sorumlu olduğu oda başkaydı. Yine de boş vakitlerimde her odayı tek tek ziyaret eder, onlarla sohbet ederdim. Burada rahat ettiklerinden emin olmak isterdim. Sohbet ettikçe bu odaların dosya numaralarından bağımsız hayatlar barındırdığını daha net anlardım. Tüm o rakamlardan öte bir tanışıklık olurdu bu.

Bir üst katta boş olan odalara yerleştirilen yeni misafirlerimiz kapılarını kapatmıştı. Buraya yeni gelen herkes böyle yapardı. Kapılarını sımsıkı kapatır ve açılmaması için dua ederdi. Bir kısmı kapının önünde ayak sesi duyduğunda bile irkildiğini itiraf etmişti.

Açık olan kapılarla başladım ziyaretlerime. İlk girdiğim odada Eşref Bey kalıyordu. Eşini kaybedeli birkaç hafta oluyordu. Evi daha ilk günden kapatıp buraya yerleşmişti.

"Orada olmadığını görmezsem öldüğünü bir anlığına unutuyorum" demişti. "O zaman daha az acıtıyor."

Hayatta olduğunu bildiğiniz insanların özlemini kaybettiklerinize duyduğunuz özlemle kıyasladığınızda kesinlikle ilkini tercih ederdiniz. Ancak ne acı ki bu tercihi o kişiyi kaybedene kadar yapmazsınız. O da böyle yapıyordu. Hayatta olduğunu varsayıyordu. Gidenler ne kadar özlendiklerini bilseler yokluklarından utanırlar mıydı acaba? Yaşadığın anın eksik oluşu değil, geçmişteki anlarının fazla oluşudur bize bu duyguyu yaşatan. Özlemek denen duygu mutlu olduğun anlara mı yoksa o anları yaratanlara mı yönelir? İnsan en çok neyin hasretine düşer; o ana mı, o anı o an yapana mı yoksa o anı yaşayan kendine mi? Seni aşan bir uzaklığın tepe noktasından aşağıya doğru bağırmak gibidir özlemek. Herkes duyar, bir o duymaz. Bazen de tam tersi olur. Sessizliğe benzer. İçin kavrulur ama kimse bilmez. Büyüttüğün duyguya yetişememektir o. Gerildikçe gerilen bir iptir... Kopmadıkça canınızı acıtacak bir ip. Gidenler derin özlenir. İhtimal ki belki bir gün geri gelir. Kendi tercihiyle gitmişse giden... İşte odur gitmek. Ama ölüm götürmüşse gideni, onun adı dönememektir. Kendi gideni kırık bir özlemle, ölümün götürdüğünü umutsuzca beklersin. Gelmeyeceğini bile bile... Bir bıçaktır özlemek; sırtımıza sevdiklerimiz tarafından saplanan...

Eşref Bey sohbetten pek hoşlanırdı. Bu yüzden beni görünce gülümsedi sevinçle. Gülmek çok yakışıyordu Eşref Bey'e... Rahmetli eşi onun gülüşüne âşık olmuş. Sürekli bundan bahsederdi. "Herkes bilirdi gülüşümü ama kimse onun gibi sevemezdi" demişti bir keresinde. Acı yüklüydü kurduğu cümle ama o bunu bile gülümseyerek söylemişti. Çok etkilenmiştim. Gözleri boşluğa dalıp gitmişti sonra. Göğsü titreye titreye derin bir iç çekmişti. Acı yüklü bir soluğu boca etmişti ciğerlerine. İnsan sadece gidenin bıraktığı izleri değil, gidende bıraktığı izleri de özlüyordu galiba. Sevdiğin kadardı özlemek. Başka ölçüsü yoktu bu duygunun. Böyle bir kaybı yaşayanlarda daha da önemliydi güçlü olmak. Çünkü hayat gidenlere rağmen devam ediyordu. Yaşamak, güçlü akıntılara sahip bir nehirde yüzmek gibiydi. Kulaç atmayı bırakmazsan kendi istediğin yöne giderdin, vazgeçersen nehir seni istediği yöne götürürdü. Vazgeçilmemeli ve mücadeleye devam edilmeliydi. İşin sonunda boğulmak da vardı çünkü.

- Efil Hanım hoş geldiniz! Bugün nasılsınız?

Güldüm. Her gelişimde burada en sık sorduğumuz soruyu sorardı hep. Ona göre her gün bu soruya cevap vermeye çalışınca aslında nasıl olduğunun izini kaybederdi insan. Çünkü değişim bir gecede olmuyordu. Daha bir gün önce farkındalığına sunulmuş bu soruya insan bir öncekiyle aynı yanıtı vermeyi daha kolay buluyordu.

- Sizi bu saatte görmeyi beklemiyordum.

- Yeni misafirlerimizle tanışmak istedim. Geçerken de size uğradım. Yoksa memnun olmadınız mı?

Eşref Bey güldü yine. "Satranç oynamayı bilseydiniz o zaman memnun olurdum."

Masada bir satranç takımı duruyordu.

- Kemal Bey sizi yine yendi sanırım.

- Adımlarımı benden iyi hesaplıyor. İyi bir psikiyatrist olmasına şaşmamak gerek.

- Sizi sizden iyi tanıyor olsa bile eminim bunu sizi satrançta yenmek için kullanmıyordur.

- Bunu ispatlayamayacağım için sanırım Hipokrat'la arası bozulmayacak.

Yine güldüm. "Ben çıkıyorum. İsterseniz size satranç dersi verebilecek başka birilerini göndereyim."

Çatallı sesiyle bir kahkaha patlattı. Sonra bir süre öksürdü. "Eh, kimin kime ders vereceği hiç belli olmaz."

Dudağımdaki tebessümle çıktım odadan. Birkaç misafirimiz istirahatteydi. Bu yüzden onları geçip sonraki açık kapıyı tıklattım.

- Merhaba, Sedef Hanım. Gelebilir miyim?

Okuduğu kitabı kenara koyup doğruldu. "Tabii, buyurun."

- İsterseniz daha sonra uğrayayım. Okumanızı böldüm.

Gülümseyerek "O zaman hiçbir zaman görüşemeyebiliriz. Çünkü elime kitap almadan duramıyorum." dedi.

Gülüşüne eşlik ettim. Okuduğu kitabın kapağına baktım. Sevdiğim bir yazarın henüz okumadığım bir kitabıydı.

- Bu yazarı çok severim, dedim.

- Öyle değil mi? İnsan elinden bırakamıyor kitaplarını.

Başımı salladım. "Bu seferki nasıl? Henüz okuyamadım."

- Hayal kırıklığına uğramayacaksınız.

- Harika! Her şey yolunda mı?

- Yeni bir şey yok.

Sedef Hanım, küçük bir çocukken depremde ailesini kaybetmişti. Abisiyle birlikte alelacele başka bir şehre taşınmışlardı. Dedeleriyle yaşamaya başlamışlar ve uyum süreci sancılı geçmişti. Ancak sonra hayatını yoluna koymayı başarmıştı. Okulu bitirip hemen çalışmaya başlamıştı. İşini severek yapıyordu ve hayatında elle tutulur pek bir sorunu yoktu. Üstelik hayatının aşkıyla bile karşılaşmıştı. Sade bir nikahla evlenip tatile çıkmışlardı. Ancak ne yazık ki gittikleri şehirde yine depreme yakalanmışlardı. Sedef Hanım bu depremde bir kez daha ailesini kaybetmişti.

- Kimseyle bağ kurmamak için buraya geldim, demişti ilk sohbetimizde.

Korkusunun nedenini anlayabiliyordum. Yeniden sevip kaybetmekten korkuyordu. Sonraki sohbetlerimizde yeniden biriyle tanıştığını ve başına aynı şeylerin gelmesinden korkup ilişkiyi sabote ederek buraya saklandığını söylemişti.

- Burayı seçtiğinize göre ona dönmek için bir yol arıyor olmalısınız, dedim.

İtiraz etti. "Hayır. Beni bulmamasını diliyorum." dedi.

- Siz ondan saklanmıyor olabilirsiniz, dedim sakince.

Anlam vermeye çalışarak yüzüme bakıyordu.

- Daha ziyade onunla olma isteğinizden saklanıyorsunuz gibi geldi bana.

- Hayır, dedi çelimsiz bir sesle.

- Tamam, dedim.

O günden sonra bunun hakkında hiç konuşmadık. Genelde izlediği dizilerden veya okuduğu kitaplardan ilginç bulduğu kısımları sunar, sonra da heyecanla bunları fark edip etmediğimi sorardı.

"Dennis Wholey'in bir sözü vardır. 'İyi bir insan olduğunuz için hayatın size iyi davranmasını beklemek; vejetaryen olduğunuz için kızgın bir boğanın size saldırmamasını beklemek gibidir.' der bilir misiniz?" diye sordu birdenbire. Yüzünde dalgın bir ifade vardı. Çok iyi bildiğim bir sözdü. Evet anlamında başımı sallayıp sessizce onayladım. Devamında ne söyleyeceğini merak ediyordum. Gözleri hüzünlü bir şekilde odada gezindi. "Ben hiçbir zaman karşılık beklemedim." dedi.

"Ne için Sedef Hanım?"

"Hayat bana iyi davransın diye iyi bir insan olmadım. Bir karşılık için değil, iyi bir insan olmam gerektiği için iyi biri oldum. Hayatın bizlere adil davranmadığını öğreneli uzun zaman olmuştu zaten."

Ağır ve dalgın bir biçimde konuşuyordu. Sesindeki hüzün odanın duvarlarına çarpıp bana yansıyordu. Gözleri dalgındı. Kısa aralıklarla susuyor, sonra devam ediyordu.

"İnsanları tanımak için onları sevmek gibi bir zorunluluğum yoktu. Ama yine de hep sevdim. Her şeyimi götürenler, kendilerinden hiçbir şey istemediklerimdi. Yine de onları sorgulamadım. Sadece kırıldım. Sessizce kırıldım. Kalp kırıldığında ses çıkmaz. Ama o sessizliği için duyar. Sessizleşirsin. Dilin susar. Kızmamışsındır ki bağırasın. Kırılmışsındır. Kızarsan bağırırsın. Kırılan insan susar. Güvenimi incittiler. Güveni bir kere sarsılan şüphe etmeyen gözlerle bakamaz kimseye. Yine de iyi yanını görmeye çalıştım, hayatımda esip duran tüm fırtınaların... Çünkü biliyordum. Bazı sağanaklar yürümemizi zorlaştırırken bizi temizliyor.."

Tekrar sustu. Birazdan gözlerinden bir sağanak boşalacak gibiydi. Onu daha önce hiç böyle görmemiştim. Yanına yaklaşıp sevecenlikle elini tuttum. Ellerimize baktı. İki elin farkını gözleriyle tartar gibiydi. Kırışmaya yüz tutmuş ellerini hüzünle izliyordu. "Ellerin ne güzel. Tazecik. Benimkinin yanında ne kadar da pürüzsüz duruyor. Yaşlanıyorum." dedi. Verilebilecek bir cevabım yoktu. Narin ellerini öptüm. Sanki bir şey söylememi, onu yaşlanmadığına ikna etmemi bekler gibi baktı yüzüme. "İnsan cildi kırışınca değil, kalbi kuruyunca yaşlanır." dedim. Gülümsedi. Sanki daha iyi hissediyordu şimdi. "Çok iyi bir psikologsun." dedi yüzündeki mağrur gülümsemeyi hiç bozmadan.

"Psikolojin bozulursa elbet bir gün düzelir. Ama karakterin bozulmuşsa... Onun düzelmesi imkânsız. Siz bunu en iyi bilensiniz Efil Hanım. Bunu bilmek için okudunuz. Sizin işiniz bozulan psikolojileri tamir etmek. Ben de bunun için buradayım zaten. Şükür ki karakterimi koruyabildim. Yaşamak için bir nedene sahipsen nasıl sorusu seni durduramaz." dedi ve o da benim elimi öptü. Sımsıkı sarıldım. O şekilde kaldık bir süre. Hafif hafif titriyordu. Bana annemin kokusunu hatırlattı bir an. Cılız kolları yavaşça aşağı indi. Bir adım geriye çekilerek gözlerine baktım. Hâlâ buğuluydu.

- Siz çok güçlü bir karaktere sahipsiniz. Buraya geldiğiniz günden beri iyi olacağına adım gibi emindim. Bize yaralarınızın nerede olduğunu gösterdiniz, bize de onları sarmak düştü yalnızca. Yaralarınız iyileşti artık. Bu da bizim en büyük mükafatımız oldu. Sizin de dediğin gibi siz gerçekten iyi bir insansınız ve bu dünyaya iyiliği ve güzelliği müjdeliyorsunuz. Evet haklısınız! İyi olmanın da bir bedeli var ve biz bu bedeli sürekli olarak ödüyoruz. Ama yine de iyi olmaktan vazgeçmemeliyiz. Çünkü dünyanın güzelleşmesi için bizim gibi insanlara ihtiyacı var. Böyle kalmaya devam etmeliyiz; bu güzellik zaman zaman ağır olsa da... Üstümüzde açan güzel çiçeklerin ağırlığı dallarımızı kırsa da...

Şefkatli bakışlarını yüzümde gezdirdi. Kısık bir sesle "Haklısınız." dedi. "Bazı dallar çiçekleri yüzünden kırılır."

Hüzünle karışık bir mutlulukla baktım yüzüne. Yorgun çiçeğin eğik başıydı başı. Tek bir gün ışığıyla canlanmaya hazır duruyordu. Tüm şanssızlıklara ve kayıplara rağmen devam etmeye karar vermesinden ötürü onunla ne kadar gurur duyduğumu fark ettim. Çünkü karşınızdaki izin vermedikçe ona iyi gelemezdiniz. Dalgın bakışlarından kurtulup konuştu.

- Yeni bir şey olsun istiyorum, dedi.

Yüzüne baktım. "Yeni bir şey?"

- Buradan çıkmaya hazır hissediyorum, dedi gülümsemeye çalışarak.

- Sizi özleyeceğiz, dedim.

Başka soru sormadığıma sevinmiş gibi bir hâli vardı. Heyecanla yerinden doğruldu.

- Kitabımın bitmesini bekliyorum. Sonra çıkacağım.

Bu sırada kapı tıklatıldı. Bu kat sorumlusu Defne Hanım'dı.

- Sedef Hanım beklediğiniz telefon geldi.

Bakışlarındaki ifade birden değişti. Sonra dönüp bana baktı. Çilli yüzüne al gölgeler düşmüştü. Bu hâli bana birini hatırlatmıştı. İstemsizce gülümsedim. Sonra Defne Hanım'a döndü.

- Emin misiniz?

- Evet. Sizi gelip almaktan memnun olacağını söyledi. İsterseniz hazırlanın. Bir saate kadar burada olacakmış.

Sessizliği bozmadan kapıdan ayrıldı kat sorumlusu Defne Hanım. Sedef Hanım'ın bakışları odayı arşınlıyordu. Ayağa kalktı. Valizine yöneldi. Sonra vazgeçti. Koltuğa oturup yeniden kitabı açtı. Okumaya başladı. Orada olduğumu unutmuş gibiydi. Sesimi çıkarmadan bekledim. Birkaç dakikadır aynı sayfayı okuduğunu fark etmiş olacak ki panikle kitabı kapatıp ayağa fırladı. Birkaç tur attıktan sonra kendi kendine konuşmaya başladı.

- Bu kadar çabuk mu? Kitabımı bile bitiremedim daha.

Sonra bana döndü. "Daha hazır değilim ki..."

Valizini mi, yoksa buradan ayrılmayı mı kastettiğini anlayamamıştım. Bir süre sesimi çıkarmadan yolunu bulmasına müsaade ettim. Yatağının kenarına ilişip sessizce oturdu.

- Kitabınızı balkonda bitirmeye ne dersiniz? Eşyaları toplamasını birinden rica edebilirim.

Kafasını kaldırıp baktı. "Zahmet vermek istemem."

- Asla zahmet olmaz. Onlar da yardımcı olmaktan memnun olacaktır.

Kat çalışanları misafirlerimizin ihtiyaçları için hazır beklerdi ama pek azı onların yardımını rica ederdi.

- Haydi balkona çıkın. Papatya çayı alacağım kendime. Siz de ister misiniz?

Gülümsedi. "Olur, teşekkür ederim."

- Harika! Siz keyfinize bakın.

Tam kapıdan çıkacaktım ki durdum. Arkamı döndüm. "Sakın sonunu söylemeyin. Ben de okumak istiyorum."

- Anlaştık, dedi.

Kapıdan çıkar çıkmaz kat sorumlusu Defne Hanım'a Sedef Hanım'ın eşyalarıyla ilgilenecek birini göndermesini rica ettim. Sonra telefonla mutfağı arayıp çay istedim. Ardından kapalı kapılardan birine yöneldim. Bu oda arka tarafa bakıyordu. Dolayısıyla benim dosyalarımdan biriydi. Yavaşça birkaç kez tıklattım. Ses duyulmadı. Dinlendiklerini düşünerek geri çekildim. Daha sonra uğrarım, diye düşünüyordum ki kapı yavaşça aralandı.

"Merhaba," dedim beklemeden. "Ben Efil."

Kapı bu sırada tamamen açıldı. Şimdi kapıda genç bir kız duruyordu. Yanıt vermeden yüzüme baktı. Sonra arkasını dönüp seslendi. "Baba?"

Odanın içinden uzun boylu bir adam çıkageldi. "Merhaba?"

- Merhaba. Ben Efil. Nasılsınız?

Adam toparlanıp hemen elini uzattı.

- Efil Hanım, merhaba. Affedersiniz. Geleceğinizi bilmiyordum.

Gülümsedim. "Boş vakitlerimde zaman zaman katları dolaşırım. Sizinle tanışmak için uğradım. Umarım rahatsız etmiyorumdur?"

- Ah, olur mu? Lütfen buyurun.

Teşekkür ederek içeri geçtim. Oda inanılmaz görünüyordu. Her yerde rengarenk balonlar, süsler vardı. Odanın bir ucundan diğer ucuna gerilmiş ipte asılı harf balonlar da "İYİ Kİ DOĞDUN" diye bağırıyordu. Gülümsedim.

- Böceğimin bugün doğum günü... Kemal Bey hazırlatmış odayı. Ne ince düşünce ama değil mi?

- Öyle, dedim gülümseyerek. Sağ taraftaki yemek masasına iliști gözüm. Üzerinde birkaç hediye paketi ve deniz kızı figürlü pasta duruyordu. Mavi jelatin kremanın üzerinden akıyor ve aşağıda deniz kabuklarıyla buluşuyordu. Çocukluğuma döndüm o an. Deniz kabuklarını görünce gülümsedim. Bir esinti gibi sızdı o gün

düşüncelerime.

- Baba? Nereye gidiyoruz?

Yüzü taş yutmuş gibi sertti. Cevap vermedi. Dışarıyı izlemek için sağıma döndüm. Güneş gözümü alınca elimi siper ettim. Bir "Dur!" tabelasının yanından geçip sola döndük. Babamın hızlı manevrası karşımızda tüm çıplaklığıyla serili olan ormanlık araziyle kucaklaşacağımızı düşündürdü. Ancak ağaçları rüzgarımızla selamlayıp devam ettik. Bir süre sadece bu yeşil alanı manzara bilerek ilerledik. Yol dümdüzdü. Elektrik telleri, benzin istasyonları ve pek çok araba da bu manzaraya eşlik etti.

- Baba, bak! Bir karavan... Ne çok karavan var değil mi?

Geçiştirmek için birkaç ses çıkardı. Devam ettim.

- Annem karavanları sever miydi?

Sorum havada buharlaşıp kayboldu. Yanıt vermemişti.

- Baba? Annemle de gelir miydiniz buraya?

Bu kez soruyu duyduğuna emindim. Çünkü gaz pedalına var gücüyle asılmıştı. Sonra git gide yavaşladı. Bunun sus ihtarı olduğunu anlamıştım. Bir süre konuşmadım. Sonunda bir yol ayrımına geldik ama babam düz devam etti. Yemyeşil ağaçları seyretmeye başladım yeniden. Başımı gökyüzüne çevirip yeniden ona bakmaya çalıştım ama güneş yakıcılığından bir şey kaybetmemişti. Bizimle yolculuk yapıyor gibiydi. Hangi yola sapsak yüzü bana dönüktü. Camı açıp tertemiz havanın içeri dolmasına izin verdim. Saçlarım rasgele savrulmaya başlamıştı. Uzun bir süre konuşmadan ilerledik. Sonunda bir yol ayrımına geldiğimizde durduk. Yol o kadar uzun sürmüştü ki dayanamayıp sordum.

- Nereye gidiyoruz baba? Bari nereye gittiğimizi söyle.

Yola bakmaya devam etti. "Gidince görürsün."

Arabaya gaz verip aniden direksiyonu sağa kırdı. Güneş bizi terk etmeye başlamıştı. Çevrede otlayan hayvanlar vardı. Yanlarından geçen arabaları umursamıyor gibi görünüyorlardı. Yalnızca biri dönüp çok dikkatlice baktı. Henüz aldığı otlar ağzının kenarından sarkıyordu. Gözünü bana dikmişti. İnanılmaz yavaşlıkta çiğneyip artık görüntüde ufacık kalana kadar bakmaya devam etti.

Nefis bir hava burnumu okşayınca ineği ardımda bırakıp önüme döndüm. Masmavi bir deniz bana el sallıyordu. Üzerinde yelkenliler, tekneler geziyordu. Nefesim kesilmişti bu görüntü karşısında. Bir süre daha kıvrımlı yollarda ilerledik. Artık irili ufaklı evler, binalar ve insanlar da bu tablonun bir parçasıydı. Sol tarafımızda yer yer eski binalar görünüp kayboluyordu. Sağ tarafımızda da ağaçlar eşlik ediyordu. Burada ne kadar çok palmiye olduğuna şaşırmıştım.

Babam sola doğru kıvrılan yoldan ilerledi. Yol git git bitmiyordu ama artık şikayetçi değildim. Bu sırada önümüze açılan gökyüzünde bir bulut kuş kanadı olup bize rehber oldu. Kartal gibi ihtişamlı bir kuştu bu. Sonra bir dizi begonvili geçip hiç durmadan devam ettik. İlerledikçe yol bir ressamın tablosunu andırmaya başlamıştı. Kuş hâlâ oradaydı. Sıra sıra dizili ağaçlar öyle eşit aralıklarla diziliydi ki annemden kalan çevirmeli defteri hatırlattı. Sayfalarını çevirdikçe resim hareket ediyormuş gibi olurdu. Babama döndüm. O deftere ne olduğunu sormak istedim ama çekindim. Başımı sağa çevirip ağaçları çevirmeli bir defterdeymiş gibi hayal etmeye başladım.

Zaman zaman yerleşim yerlerinden geçiyorduk. Sonra yine aniden palmiyelerin ve begonvillerin eşliğinde devam edip muhteşem manzaralarla karşılaşıyorduk. Nereye gittiğimizi gerçekten çok merak ediyordum ama babamı sinirlendirmemek için bunu bir kez daha sormadım. Birkaç dakika sonra ara yoldan girip bizi ormanla buluşturdu. Bir süre yemyeşil ağaçların gölgesinde ilerledik. Sonra aniden durduk. Babam ayağa kalkıp karavanın kapısını ardına kadar açtı. Aşağı inerken seslendi.

- Geldik.

Babamın peşinden aşağı indim. Dışarı çıkardığı sandalyeleri açıyordu. Büyülenmiş gibi ilerledim. Tüm güzelliğiyle karşımda duruyordu. Gözlerimi ayırmadan sordum.

- Ne bu?

Babam sıradan bir şeymiş gibi cevapladı. "Ayvalık Badavut Sahili"

Küçük adımlarla sahile doğru ilerlemeye başladım. Denizin sesi kulaklarımı okşuyordu. Kokusunu derin derin içime çektim. Gözlerimi kapatıp rüzgârın beni itmesine izin verdim. Saçlarım arkamda dans ediyor gibiydi. Bu çok başka bir duyguydu. Temiz hava yüzüme vurdukça yaşadığımı hissediyordum. Sonra gözlerimi açıp artık daha yakınına geldiğim denize dalıp gittim. Bu muhteşem manzaraya baktıkça söylemeden edemiyordum.

- Eminim burada hiç mutsuz insan yoktur.

Çarpma sesiyle irkildim. Arkamı dönüp baktığımda babam yoktu ve karavanın kapısı kapalıydı. Yalnız kalmak istediği belliydi. Sorgulamadım. Bir kez daha o büyülü havayı içime çektim. Sonra da sahilde biraz yürümeye karar verdim. Ne de olsa bugün benim doğum günümdü.

Geleceğimizde olmasını
istemediklerimizi
geçmişe gömerek
bugünümüzden silmek...

İKİNCİ BÖLÜM

Pergamon Amfi Tiyatrosu...

Tüm kenti ayakları altına almış koca bir dev burası. Bazen gelip doya doya şehri seyrederim. Buram buram tarih kokar havası. Geçmişe dair düşüncelere dalar, burada yaşamış insanları hayal etmeye çalışırım. Kuruluşu pek şaibeli bir yer Pergamon. Kimse kimin neden buraya bir şehir kurduğundan tam emin değil. Bazen kuran kişinin bir yerlerden şikâyet ettiğini hayal ederim: "Güzelliğiyle binlerce insanı çekecek bir şehir kuruyor, bugüne kadar ayakta durmasını sağlıyorsun ama nasıl kurduğunu net bir şekilde bugüne ulaştıramıyorsun."

- Haklısın gizemli kurucu!

Kendince bir mantığa oturttuğun davranışların amacından bağımsız hâle geliyor ve ulvi amacını başka insanların insafına bırakıyorsun. Kimse senin hikâyeni takip etmiyor. Bir tek sen varsın ve sen öldükten sonra ona kimse sahip çıkmayacak.

Öğretmenimiz bu antik kentin tarihini anlatırken kuruluşuna dair birkaç neden sundu bize. Elimi kaldırdım hemen.

- Öğretmenim neden kesin olarak bilinmiyor?

- Çünkü bazı bilgiler sahipleriyle beraber gömülür. Onları anlatacak kimse kalmayınca dedikodulara kulak vermek zorunda kalırsın. İnsan bilmek için can atar. Hem de bazen doğru olup olmadığını bile sorgulamadan... Tarih bazen söylentilerden ibarettir. Sen sadece inanmak istediğini seçersin.

- Neden böyle önemli bir bilgiyi korumamışlar ki? Varlığını borçlu olduğu bu bilgiye sıkı tutunup onu gururla anlatması gerekmez mi?

Öğretmenimiz dönüp tahtayı silmeye başladı.

- Belki de gururla anlatılacak bir nedene dayanmıyordur.

O günden sonra şehre şu tiyatronun taşlarından bakmış nesilleri düşünmeden duramadım. Burada oturunca hikâyesizmiş gibi görünen şehir kim bilir benden ve diğer herkesten neler saklıyordu.

İşte, ben kökleri yüzlerce yıl öncesine uzanan Bergama'da büyüdüm. Arnavut kaldırımlı bir sokakta iki katlı binanın birinci katında oturuyorduk. Bu beyaz beton bana hiçbir şey hissettirmezdi, anımsatmazdı. Hatta bazen var olanları dahi söküp alırdı. Defalarca ziyaret etmeye çalıştığım anılarımdan her gün biri silinirdi. Tarihe düşkünlüğüm de bundandı. Antik Kenti defalarca ziyaret eder, geçmişe dair bilebileceğim ne varsa aklımda tutmaya çalışırdım. Zamanın unutmayı eyleme dönüştürücü bir yanı var. Bazı anıları, yerleri zihnimizden silerken bazılarını da mıh gibi çakıyor beynimize. Bazen kendimi unuttuklarımı hatırlamaya çalışırken, bazen de hatırlamak istemediklerimi beynimden kazımaya çalışırken yakalıyorum. Kötü anıları silmeye çalışmanın geçerli sebepleri var. Hatırladıkça utanmamak, kötü hissetmemek, yaşadığın o anki ana gölge düşürmesini istememek gibi... Erozyona uğramış düşünceler silsilesi gibi biraz da kaybolmaktır unutmak. Geleceğimizde olmasını istemediklerimizi geçmişe gömerek bugünümüzden silmek... Ama benim anlamadığım, iyi anılar neden bazen elinden tuttuğum hikâyemin avuçlarımın arasından kayıp gidivermesine dönüşüyor? Her günü ilk kez yaşıyormuşçasına unutmaktan korkuyorum. Belki de iyileşmenin verdiği acı bu...

Anneme dair çok az şey hatırlıyorum. Uzun saçlarının dalgaları omzundan inip göğsüne dökülürdü. Sürekli perçemleriyle oynardı. Bir de resim yapmayı severdi. Bana çevirmeli defterler yapıp bir yere saklardı. Onları bulmak için evin bazı yerlerine bıraktığı renkli kağıtları takip ederdim. Mesela gökyüzünün en sert hâliyle bize sunduğu laciverti daha açık bir ton takip ederdi. Sonra renk yavaş yavaş açılır, yumuşar, beni annemin eğlenceli yanına kavuştururdu. Anneme dair hatırladığım son şeyin o kadar eğlenceli olmaması ne üzücü.

Üst katımıza iki üç senede bir başkası yerleşirdi. Benim yaşıma yakın çocukları olurdu. Tanışıp anlaşırdık. Tam birbirimize alışmışken çekip giderlerdi. O yüzden Tahsin amcaya yalvarırdım.

- Lütfen şu evini ya çocuksuz birine ver ya da hiç verme, Tahsin amca!

Tahsin amca güler, başımı okşardı. Sonra gidip evi yine çocuklu birine verirdi. Ben de her seferinde yeniden bağlanırdım. İki üç sene otururlar, sonra taşınırlardı.

Alışmak böyle bir şeydi işte. Zamanla parçana dönüşüyor. Başkasının evinde yaşamak ama orayı zamanla kendi evin gibi görmeye başlamak gibi bir şey alışmak. Kendinin dışındakini kendine katmak... O an alıştığınız şeyin o kadar farkında oluyorsunuz, o kadar içselleştirip hissediyorsunuz ki bir gün onun bir anıya dönüşeceği ve bazı anıların yavaşça hafızanızdan silinip gideceği hiç aklınıza gelmiyor. Yaşadığınızın anın ne kadar içinde, ne kadar yakınındaysanız bir hatıraya dönüşme ihtimaline de o kadar uzak kalıyorsunuz. O yüzden alışmakla yenilmek aynı perdenin farklı notaları gibi geliyor bana. Kaçınılmaz sonu defalarca yaşamaya da alışıyor insan zamanla. Alışmak istemiyorsun ama kaybetmekten korktuğun şeyin zamanla sana ait olmasını da engelleyemiyorsun. Teninin üstünde oluşan yeni bir ten gibi. Ama güneş yanığı sonrası soyulan deri kadar kolay olmuyor o deriyi soyup atmak. Bağlanmanın ilk durağı alışmak. Sevmekten bile güçlü. Sonra nedense alıştıkların unutmak için savaştıkların oluyor. Belki başarıyorsun belki de havlamayan bir köpeğin varlığına dönüşüyor o duygu. Ama ne zaman havlamaya başlasa sen yine en başa dönüyorsun. Fark etmeden bağlandığını fark etmeye başladığın anın yakıcılığı sarıyor içini. Çünkü anılarınız birikiyor. Kanıksamak da var tabii. Vücudundaki bir yaranın artık ilk günkü kadar acıtmadığını fark ettiğinde anlıyorsun alıştığını. Artık yokluğuna da alışıyorsun bir süre sonra ama varlığına alışmaktan çok daha uzun sürüyor bu. Bir ağaç gibi devrilirken anlıyorsun köklerinle tutunduğun, sarıldığın toprağın senden geri alındığını... Üstesinden gelemeyeceğini anladığın güce sığınmaktır alışmak.

Korkularımı perçinlese de o ilk anın rehavetiyle kapılıverirdim gelene. Her gelene içimde bir yer açardım. O gittikten sonra onun yerine bir başkası gelmezdi. Sonraki gelen onun bıraktığı boşluğun yanında otururdu. Ben bu boşluklara alışkındım. Şu kısacık ömrümden gelip geçen herkes içimde boşluklar örmemiş miydi zaten? Daha büyük boşlukların yanında bunlar fark edilmeyecek kadar küçüktü. Düşmeye kalksan o boşluklara açacağı yaralar hayati olmazdı. Annesiz büyüyen bir çocuk olmasaydım belki bunlar da olmayacaktı. Bir öpse geçecekti belki de. Kim bilir?

Bir gün bakkala gitmek için evden çıktım. Üst kata yine birileri taşınıyordu. Koşarak gidip iki ekmeği kucakladım. Bakkal teyze elimden kurtardığı ekmekleri gazeteye sardı.

- Al, bakalım.

- Teşekkür ederim Nazike teyze.

Ekmekleri aldığım gibi çıktım. Ucundan koparıp kemire kemire yürümeye başladım. Bizim binanın önünde Tahsin amca yeni gelenlerle konuşuyordu. Çocukları var mı diye çok merak edip dinlemeye karar verdim.

- Evin bir sıkıntısı yok. Borular geçen yaz elden geçirildi. Bacalar temizlendi.

Sonra karşısında duran bıyıklı adama bir nefeslik boşluk bırakacak kadar yanaştı. Ne dediğini duymak için yavaşça ilerledim. "Yalnız," dedi. "Şu alt kattakine dikkat et. Pek tekinsiz biri. Az konuşur, kurallara da pek itaat etme gereği duymaz. Davetsiz misafirlerden de pek hoşlanmaz."

Yan tarafta oturan bir kadın camdan çıkınca istemsizce binanın girişine saklandım. Aşağı doğru seslendi.

- Tahsin Efendi, yeni kiracılar mı?

- Hıı, dedi kim olduğuna bakmadan.

- Aman ha, alttakine dikkat edesin. Kızcağız iyidir de bey biraz gıcıktır. Yolda yürürken görsen selam bile verme.

Ağzımda döndürüp durduğum lokmayı yutmaya çalıştım ama boğazıma takılmıştı. Yutmaya çalıştıkça boğazımda taşa dönüşüyordu sanki. Öksürüğümü tutmaya çalıştım ama olmadı. Gürültüsü dedikoducu komşuların ilgisini bana çekmişti. Önce durdum. Düşündüm. Ne yaparsam duyduğumu anlamazlar diye kafa yordum. Sonra sanki içerden geliyormuş gibi elimde ekmeğin kıyısıyla kapıdan çıktım.

- Naber Tahsin amca?

Bunu yüzüne bakmadan söylemiştim. Hiçbir şey duymamışım gibi binaya girip eve kendimi attığım gibi pencereye koştum. Hepsi ardımdan binanın girişine bakakalmıştı. Sonra bıyıklı adam Tahsin amcaya döndü, bir şeyler söyledi. Sanki cümleyi duymuşum gibi konuştum. "Evet, ben onun kızıyım."

Babam işten dönene kadar o camda oturup bekledim. Babama veya bu insanlara karşı ne hissedeceğimi kestiremiyordum. Keşke gitsek buradan, dedim birdenbire. Şu filmlerdeki gibi bir karavana atlayıp hiçbir komşumuzun olmadığı bir yere taşınsak. Sadece ben ve babam... Şahit olduğum konuşmanın bunaltıcı havası saatler geçtikçe beni daha çok boğuyordu. Gitme fikrine kendimi iyice kaptırdım. Kararlıydım. Babam gelir gelmez söyleyecektim bunu.

Kafamı çevirip saate baktım. Sonra salonun kapısına ilişti gözüm. Annem kirişine yaslanmış bana bakıyordu. Ben bunları yaşarken o sadece durmuş, orada beni izliyordu. Pencerenin önünden kalkıp ona yürüdüm. Sarılacak mıydım, yoksa isyan mı edecektim bilmiyorum. Ancak kapıda bir ses duyuldu. Anahtar kilitte döndü ve açılır açılmaz içeri küçük bir esinti yayıldı.

- Hoş geldin baba.

Annemin az evvel ayrıldığı noktadan babamın ayakkabılarını çıkarışını seyrediyordum. Ağzının içinde döndürdüğü "İyi" kelimesi bu akşam da ondan kurtulmuştu. Hiç hoş bulmuyordu demek ki buraya gelişini, diye düşündüm. Sonra salona geçip pencereye doğru yürümeye başladım. Tam o sırada babamın sesi kulaklarımı yaktı.

- Efil? Efil!

Elimi başıma götürdüm. Parmaklarımı saçlarımın arasında gezdirmeye başladım. Bir yer ağrıyordu ve ben de o yeri bulmaya çalışıyordum.

- Ne oldu bana?

- Ufak bir nöbet geçirdin. Nasıl hissediyorsun?

Babamı ilk kez bu kadar konuşurken duyuyordum. Başımın ağrısı mı böyle hissetmeme neden oluyordu acaba? Gözlerimi kısıp yüzüne bakmaya çalıştım ama ışık gözlerimi acıtıyordu.

- Işığı kapatır mısın?

Hemen kalkıp ışığı kapattı. Bu sırada kapı çaldı. Sesi bir atmaca çığlığı gibi gelmişti. "Ahh! Başım..."

Eve paldır küldür birileri girdi. Biri elinde bir çanta taşıyordu. Gözlerim kalabalığı seçince bunların sağlık çalışanları olduğunu fark ettim. Ayakkabılarıyla halılara basıyorlardı. Annemi düşündüm. Halıların temizliğini hâlâ sorun ediyor muydu acaba?

Çalışanlardan biri gözlerime ışık tuttu. "Ah! Ağrıyor. Başım!!"

- Düşerken başını vurdu mu, diye sordu diğeri.

- Hayır ama düştükten sonra kasılmaya başladı. Ben altına bir şey koyana kadar başı yere birkaç kez çarpmış olmalı.

- Tamam. Her ihtimale karşı nakledelim. Aracınız var mı?

- Işık! Baba, ışık!

Bunun bir önemi kalmamıştı. Çünkü beni turuncu bir sedyeye alıp iyice bağladılar. Kapıdan dikkatlice çıkarıp ambulansa bindirdiler. Karavanda değil miydik? Burası neresi ki?

- Baba? Karavanımız nerde?

Babam da benimle binmişti. Önce yüzüme baktı. Ne olduğunu anlamaya çalışıyor gibi bir hâli vardı. Sonra görevliye döndü.

- Bizim karavanımız yok.

Işık gözlerimi acıtınca daha fazla dayanamayıp gözlerimi yumdum. Açtığımda yabancı bir yüzle karşılaştım. Bu bir hemşireydi. Göz kapaklarım tonlarca ağırlıktaymış gibi açılmamak için direniyordu. Hemşire serumla ilgilendiği için beni görmemişti. Yarı açık gözlerle ona bakıp konuşmaya çalıştım.

- Babaaa?

Hemşirenin yüzü bana döndü. Sevimli bir yüzü vardı. Kirpikleri upuzundu. Gülümsedi.

- Merhaba. Nasıl hissediyorsun?

Düşündüm. Nasıl mı hissediyordum? Bir süre kendimi yokladım ama nasıl hissettiğimi bilemiyordum. Bu soruya bir cevabım yoktu.

- Ne oldu ki bana?

- Ufak bir problem yaşamışsın. Endişelenme, baban burada.

Eliyle kapıyı işaret ediyordu. Annem gibi kapıda durmuş, bana bakıyordu. Yalnız ellerini önünde kilitlemiş, hiç görmediğim bir bakış takınmıştı. "Baba?"

Hemen yanıma doğru yürümeye başladı. Üzerinde ceketi yoktu. İncecik gömleğiyle bana o anlam veremediğim ifadeyle bakarken ceketini nereye bıraktığını düşündüm. Sonra bakışlarım ayaklarına kaydı. Hemen yerimden doğrulmaya çalıştım ama hemşire usta bir güreşçi edasıyla tek hamlede sedyeye yatırdı beni. Babamın ayaklarında ev terlikleri vardı. Yanıma ulaşıncaya kadar yüzüme kenetlediği bakışlarına anlam vermeye çalıştım. Bakışını çevirmeden hemşireye sordu.

- Durumu nasıl?

- Ben size doktorunuzu çağırayım, deyip çekildi.

Babamın bakışlarında farklı olan şeyi sonunda keşfetmiştim. Eskiden söyleyecek bir şeyi yok gibi bakar, bu yüzden de susardı. Ancak şimdi söyleyecek çok şeyi var gibi bakıyordu. Ancak yine konuşmuyordu.

- Baba... Eve gidelim mi?

Bir gölge yürüdü gözbebeklerinde sanki. Kaskatı baktı. Bir süre sonra kafasını salladı.

- Tamam, dedi. Eve döneceğiz.

Bu sırada doktor yanımıza ulaştı. Babam doğrulup ona döndü.

- Bir tür atak geçirmiş. Beyinde bu atağı açıklayacak herhangi bir lezyon veya tümöre rastlamadık. Fizyolojik bir nedene bağlı değil gibi görünüyor.

Babam nefes almıyor gibi duruyordu. Ne düşündüğünü çok merak ediyordum. Doktor anlatmaya devam etti.

- Yoğun strese maruz kaldığını düşünüyorum ama bir süre takibe alalım. Siz de atağa sebep olabilecek etkenleri gözden geçirmeye çalışın. Yeni olmuş veya henüz gün yüzüne çıkmış eski bir travma olup olmadığını düşünün. İleri testler için arkadaşlarım sizi yönlendirecek.

Babam başını sallayıp teşekkür etti. Sonra sedyenin ucuna çöktü. Omuzları düşmüştü. Başını ellerinin arasına alıp bir süre parmaklarıyla alnına masaj yaptı. Baştan aşağı mavi giyinmiş biri tekerlekli sandalyeyle gelip beni alana kadar orada öylece oturdu.

Beni çok aydınlık bir odaya çıkardılar. Burada bir doktor bizi bekliyordu. Hemen dosyamı alıp inceledi. Bir süre sonra artık sedyede oturuyordum.

- Kafama bağladıkları bu kablolarla kesin ahtapota benziyorum, dedim.

Doktor güldü. Babam gülmüyordu.

- Şimdi güzelce yatıp gözünü kapat bakalım ahtapot hanım.

Uzanıp gözlerimi kapattım.

- Gözleri aç. Evet, şimdi kapat. Yeniden aç.

Gözlerimin önünde birkaç ışık yanıp söndü. Test bitmek bilmiyordu. Yarım saat kadar sonra artık kurtulmuştum. Saçlarımı temizlemek için beni başka bir odaya aldılar. Sonuçlar için yarın sabah gelmemizi söylediler. Eve döndük. İçeri girer girmez babam ayağındaki terlikleri bir kenara bıraktı. Kararmış çoraplarına aldırmadan salonun kapısında durdu. Yere bakıyordu. Sonra gözünün önünde beliren görüntüyü silmek ister gibi başını salladı. Odasına geçip kapıyı kapattı.

Saatler sonra akşam yemeğine oturduk. Evde çatal bıçak seslerinden başka bir şey duyulmuyordu. Tuhaf bir gerginlik vardı. Hastalandığım için bana kızdığını düşünmeye başlamıştım. Bir şey söyleyecek oldum ama ağzımı açınca ses çıkmadı. Ben de vazgeçtim. Ancak babam tabağındaki eti keserken sonunda konuştu.

- Karavanı sordun bana, dedi.

Şaşkınlıkla gülümsedim. Cesaret edemeyeceğimi düşünmüştüm. "Sahiden mi?"

- Evet.

Sonra kestiği eti ağzına götürdü. Çiğnerken bana bakıyordu. Yutkundum. O da ağzında gevelediği eti yuttu.

- Efil... Bizim karavanımızın olmadığını biliyorsun değil mi?

Kaşlarımı çattım. Elbette biliyordum. Ancak sesim kafamın içindeki kadar kararlı çıkmadı. "Biliyorum."

Çatalı ve bıçağı tabağının içine bırakıp peçetesiyle ağzını sildi. Sonra onu tabağının kenarına bırakıp önündeki bardaktan bir yudum su içti.

- O hâlde neden bana nerede olduğunu sordun?

- Sana nerede olduğunu mu sordum?

- Evet.

İşte bunu hatırlamıyordum. Tek hatırladığım buradan gitmek için bir karavan istediğimdi. Ancak şimdi düşününce bunun da nedenini hatırlamadığımı fark ettim.

- Hatırlamıyorum baba.

Dudakları oynadı. Dişleriyle alt dudağını ısırdığını anlayabiliyordum. Parmaklarını alnında gezdirdi. "Anladım."

Birkaç dakika tabağımdaki bezelyelerle oynadıktan sonra bir cesaret konuşmaya başladım.

- Sadece buradan gitmek istediğimi hatırlıyorum. Geçen gün izlediğin filmdeki gibi bir karavanımız olursa nerede istersek orada dururduk diye düşünmüştüm.

Yüzü ciddileşti.

- Neden gitmek istiyorsun buradan?

Başımı öne eğdim. "Hatırlamıyorum."

Göğsü az evvel içine çektiği havayla kabardı. "Tamam." dedi. Sonra tabağını alıp mutfağa geçti.

Bu sohbet, ertesi sabah hastaneye gidene kadar odasına kapanmasına neden oldu. Doktor geçirdiğim nöbeti açıklayacak bir bulguya ulaşamadıklarını söyledi. Babam ısrarla bir cevap istiyordu.

- Neden o zaman?

- Dediğim gibi aşırı strese maruz kalmış olmalı. Yaşadığı bir travmayı tetikleyecek bir şey yaşamış olma ihtimali de var.

Babam başını sallayıp bana döndü. "Bize birkaç dakika izin verir misin Efil?"

Tepki vermeden çıktım. Travmam o kadar saklı bir yerde değildi. Annem her zaman kapının ardından beni gözlüyordu zaten. Unutmama izin verecek gibi değildi. Diğer yandan bu yeni bir şey de değildi. Buna ne sebep olduysa hatırlamıyordum. Yine de babam o travmayı doktora anlatacaktı.

Hastanenin duvarlarına baktım. Hiçbir şey yoktu. Canım sıkılmıştı.

- Ben olsam buraya pastel boyalarla yapılmış çocuk resimlerinden asardım. Beklerken eğlenceli bir şeyler yapmış olurduk.

Sonra oturduğum sandalye popomu acıttı. Resmen burada fazla kalmamızı istemiyorlardı. Zaten kim hastanede uzun süre kalmak isterdi ki? Ayaklarımı sallamaya başladım. Görüşme sonsuza kadar süreceğe benziyordu. Ayaklarımı salladıkça demirin sesi kulaklarımı tırmalamaya başladı. Bu ses rahatsız edince ritmi kaçırıp ayağımı demire vurdum. Pat!

Bir göz kırpması kadar anlıktı her şey işte. Bir kez daha hesapsız bir ses beni alıp götürdü. Zihnim talep etmediğim yolculuklara sürüklüyordu beni. Bazen zorlama hatırlamalara izin vermiyor bazen de en ufak sesten uyanıp tüm travmalarımı kusuyordu. Babamın uzaklaştırmalarına inat yapıyordu bunu. Orada bulunmak istiyor ve ne olursa olsun o anda kalmam için direniyordu. Güçlü bir sesle yerimden sıçradım. Annem kapıda durmuş bana bakıyordu. Koridoru geçip ona doğru ilerlemeye başladım. Yanına gittiğimde aslında bana bakmadığını anladım. Yine dalmış gibiydi. Yüzü her zamankinden farklıydı. "Anne?"

Sonra görüşüm kapandı. Her yer kapkaranlık oldu. "Anne?"

Göremiyordum. Zorlukla nefes alıyordum. Ellerimi yüzüme götürdüm. Hışırtı sesiyle irkildim. Başıma bir şey geçirilmişti. Çıkarmak için debelenmeye başladım. Kulaklarımı acıtan bir patlama sesi duyuldu. Kafamdakini fırlatıp attım. Bu, annemin pazardan meyve taşıdığı kese kağıtlarındandı. Kulaklarımdaki çınlama duymama engel oluyordu. Gücüm yettiğince bağırdım. "Anne?"

Annemin olduğu yere bakınca onu yerde buldum. Sırt üstü uzanmış gibi duruyordu. Yanına koştum.

- Anne? Kalk! Niye burada yatıyorsun?

Sağa yatmış başını çevirmek istedim. Böyle uyudu mu hep boynu tutulurdu. Başını çevirince oluk oluk kan utanmazca yeri ıslattı. Kalbimden ağzıma bir korku yükseldi. "ANNEEE!"

Babam koşarak bahçe kapısından içeri girdi. O ana kadar fark etmediğim silahı ayağıyla itip çok sevdiği ceketinin kanlanmasını umursamadan kıpkırmızı ellerini göğsüne bastırdı. Bir daha artık benimle konuşmayacak olan anneme şimdi son kez beraber bakıyorduk.

Gözleriyle sevdi,
sözleriyle değil! Kalbiyle
okşadı, elleriyle değil.

ÜÇÜNCÜ BÖLÜM

Babam doktorun yanından çıktı. Nöbetler için ilaç yazmıştı. Hastaneden dönüşte eczaneye uğradık. Reçetede yazmayan ama almamız gereken bir ilaç daha vardı: terapi. Doktor düzenli olarak bir psikoloğa gitmemin büyük faydası olacağını söylemişti. İlacı aldıktan sonra eve geçtik ve altı aylığına bu konu kapandı.

Verilen ilacı kullanmaya başladım. Okula gidip geliyordum. Sonra üst komşumuzun kızına Bergama'yı gezdiriyordum. Sürekli beraber bir şeyler yapıyorduk. Ilgın sessiz bir kızdı ve uyum sağlamayı biliyordu. Bağlanmamam gerektiğini bildiğim hâlde yeniden şansımı denemeye karar verdim. Bir gün okuldan sonra onu amfi tiyatroya çıkardım. Şehre buradan bakmazsa olmazdı. Terasta durduk ve ona antik kentle ilgili bildiklerimi anlatmaya başladım. Tam hızımı almıştım ki sorusuyla beni oraya adeta mıhladı.

- Efil?

Dönüp yüzüne baktım. Bakışları en ufak kıpırtıyı hemen yakalamak ister gibi yüzümde dolaşıyordu.

- Annen neden öldü?

Boğazıma bir şey takılır gibi oldu. Bir anda kendimi karşısında küçücük hissettim. Cüreti kanımı dondurmuştu. Bu soruyu sorduysa cevabına kendini hazırlamış olmalıydı. Saklamaya gerek duymadım.

- Kendini vurdu, dedim bir çırpıda.

Yeniden o muhteşem kente baktım. Etkilendiğimi belli etmemek için antik kentten bahsetmeye devam ettim. Güneş batarken eve döndük. Eve girer girmez odama koşup yatağıma uzandım. Burası, ikinci nöbetin geldiği yerdi. Bunu aynı testler ve yine aynı sorular takip etti. Üçüncü, dördüncü nöbet derken babam sonunda buranın bana iyi gelmediğine karar verdi. Çözüm belliydi. Taşınacaktık.

Temmuz ayında doğum günümden bir gün evvel evimiz neredeyse bomboştu. Neden böyle bir şey yaptığına anlam veremiyordum.

- Baba bu gece nerede yatacağız? Neden sattın ki eşyalarımızı?

- Benimle gel, dedi. Anahtarlığını alıp kapıdan çıktı. Binanın az ötesindeki boş arsaya kadar dediği gibi yapıp onu takip ettim.

- İşte! Bu yüzden, dedi.

Başımı çevirdiğimde karşımda duran şeye inanamadım. Neredeyse bayılacaktım. Bu bir karavandı. Sevinçten babamın kucağına atlayacaktım ama beni net bir el hareketiyle durdurup kaşlarını kaldırdı. Ben de karavana dönüp gülümsemeye devam ettim. Galiba bu doğum günü hediyemdi.

- Ne zaman gidiyoruz, diye sordum hemen.

- Yarın kahvaltıdan sonra. Kalan eşyalarını buraya getir. Bu gece evi kapatıp karavanda uyuyacağız.

Heyecandan uyuyabileceğimi sanmıyordum ama "Tamam." dedim.

Ertesi sabah yola çıktığımızda dilimde bu kez başka bir soru vardı: "Nereye gidiyoruz?" Babam sorumu yanıtlamayı reddedip karavanı arsadan çıkardı. Aynı soruyu yol bitmek bilmeyince bir iki kez daha sordum. Sonunda ancak şu çıktı ağzından: "Gidince görürsün."

[...]

Zaman zaman yerleşim yerlerinden geçiyorduk. Sonra yine aniden palmiyelerin ve begonvillerin eşliğinde devam edip muhteşem manzaralarla karşılaşıyorduk. Gerçekten nereye gittiğimizi bilmiyordum. Birkaç dakika sonra ara yoldan girip bizi ormanla buluşturdu. Bir süre yemyeşil ağaçların gölgesinde ilerledik. Sonra aniden durduk. Babam ayağa kalkıp karavanın kapısını ardına kadar açtı. Aşağı inerken seslendi.

- Geldik.

Babamın peşinden aşağı indim. Dışarı çıkardığı sandalyeleri açıyordu. Büyülenmiş gibi ilerledim. Tüm güzelliğiyle karşımda duruyordu. Gözlerimi ayırmadan sordum.

- Ne bu?

Babam sıradan bir şeymiş gibi cevapladı. "Ayvalık Badavut Sahili"

İlerlemeye devam ettim. Denizin sesi kulaklarımı okşuyordu. Kokusunu derin derin içime çektim. Gözlerimi kapatıp rüzgârın beni itmesine izin verdim. Saçlarım arkamda dans ediyor gibiydi. Bu çok başka bir duyguydu. Temiz hava yüzüme vurdukça yaşadığımı hissediyordum. Sonra gözlerimi açıp artık daha yakınına geldiğim denize dalıp gittim. Bu muhteşem manzaraya baktıkça söylemeden edemiyordum.

- Eminim burada hiç mutsuz insan yoktur.

Çarpma sesiyle irkildim. Arkamı dönüp baktığımda babam yoktu ve karavanın kapısı kapalıydı. Yalnız kalmak istediği belliydi. Sorgulamadım. Bir kez daha o büyülü havayı içime çektim. Sonra da sahilde biraz yürümeye karar verdim. Ne de olsa bugün benim doğum günümdü.

Sahilde yürürken bizden başka birinin olduğunu fark ettim. Neredeyse benim yaşlarımda bir çocuktu. Onu izlemeye başladım. Bir süre kumlara bakınıyor, sonra eğilip yerden bir şey alıyordu. Biraz daha yaklaşınca bunların deniz kabukları olduğunu anladım. Kendi kendine söylenip duruyordu. Biraz daha yaklaşıp ne dediğini duymaya çalıştım ama beni fark edince ürktü. Bir şey dememe izin vermeden geri geri gitmeye başladı. Tam koşmaya yeltendi ki açık bağcıklarından birine basıp düştü.

Düşünce kumlar tozumuş, havaya uçan deniz kabuklarıyla resmen bir tablo yaratmıştı. İstemsiz gülümsedim. Sonra yardım etmek için yanına yürüdüm. Etrafa saçılan deniz kabuklarını toplaya toplaya ilerliyordum ki yeniden kaçmaya çalıştı.

- Dur, dur. O bağcıklarla yürürsen başına çok iş açarsın.

Aniden durup ayaklarına baktı. Durmasını fırsat bilip önünde eğildim ve bağcıklarını bağladım. "İşte böyle daha iyi." Ayağa kalktığımda kıpkırmızı bir suratla karşılaştım. Yüzü kızıl saçlarına yakın bir tona dönmüştü. Çillerini neredeyse zorlukla seçiyordum. Bu sırada arkamdan esen rüzgâr tüm saçlarımı önüme getirdi. Kızıl saçlarımı ellerimle okşayıp yana aldım. Sonra gülümsedim.

- Merhaba. Benim adım Efil.

Masmavi gözleriyle kitlenmiş gibi öylece bana bakıyordu. Tek kelime etmedi ama artık kaçmaya da çalışmıyordu.

- Senin adın ne?

İnce dudakları kıpırdandı. Ancak hiçbir şey duyulmuyordu. Sabırla bekledim. Sonunda titrek sesiyle yanıtladı.

- Adal. Benim adım Adal.

- Adal, diye tekrar ettim gülümseyerek. Gözlerinden sonra deniz artık hiç ilgimi çekmiyordu. O gün Adal ile uzun uzun sohbet ettik. Deniz kabuklarıyla konuştuğunu, onlara hikâyeler anlattığını da böylece öğrendim. Eğilip kumdan irice bir deniz kabuğu alıp ona uzattım. İçine doğru kıvrılan yerde geniş bir boşluk vardı.

- Buna da benim için bir hikâye anlatır mısın?

Dudaklarındaki ince çizgi uzayıp kucaklayan bir gülümsemeye dönüştü. "Tabi..." Deniz kabuğunu avucunda bir bebek gibi yatırıp dudaklarına yaklaştırdı.

- Efil'in deniz kabuğu, sana şimdi bir hikâye anlatacağım. Bu hikâyenin iki evi var. Biri şu kapı, diğeri bu kapı. Tabi bu kapılar karşılıklı. Biri çiftçinin güzeller güzeli kızı, diğeri hancının oğlu, yakışıklı mı yakışıklı.

Kıkırdadım. "Hep böyle mi gidecek?"

Güldü. "Hayır, dinle."

- Tamam, tamam.

Tüm ciddiyetiyle devam etti. Deniz kabuğunu kendine iyice yaklaştırıp sırtını okşadı.

- Öyle yakınmış ki evleri ilk defa görenler, çiftçinin ektiğini hancı pişirir sanırmış. Ama işin aslı öyle değilmiş. Hancı her hafta arabasına biner dağları tepeleri aşar başka bir çiftçiden ihtiyaçlarını alırmış. Çiftçi de ondan aşağı kalmazmış. Toplarmış mahsulünü gidip başka diyarların pazarlarında satarmış. Çocukları ise komşu oldukları hâlde neden beraber iş yapmazlar diye düşünüp dururmuş. Hancının oğlu babasına sormuş "Nedir bu işin aslı astarı?". Hancı demiş "O benim düşmanımdır, yanındaki de düşmanımın karısı". Çiftçinin kızı gelmiş, sormuş: "Ya baba, nedir bu işin arkası?". Çiftçi demiş, "Onlar benim düşmanımdır şeytan görsün yüzlerini" Ee, aileler azılı düşman. Fırsat bulsalar bir kaşık su da boğacaklar birbirlerini. Ne olsa beğenirsin?

- Ne olsa beğenirim, diye atıldım.

- Yar olmuşlar, yaren olmuşlar bu ikisinin çocukları. Ailelerinden gizli gizli buluşup hasret gidermişler. Baş başa verip ailelerini barıştırmanın çaresini aramışlar. Yine bir gün güle söylene konuşurken iki sevgili bir ağacın altında, yakalanmışlar babalarına. Küplere binmişler tabi ki. Hancı vurmuş oğlunu zincire, kapatmış kilere. Çiftçi altta kalır mı hiç, bindirmiş bir eşeğe göndermiş kızını yaban ellere.

Durdu. Yüzüme dikkatlice baktı. Yüzümde bir şey arıyor gibiydi. Tek kaşımı kaldırıp baktım. "Bu kadar mı?"

- Hayır ama devamını sonra anlatacağım, dedi.

- Neden?

Elindeki deniz kabuğunu bana uzattı.

- Benimle görüşmek için sebebin olsun diye.

Sonra gülümsedi. Ben de gülümsedim. Elinden alıp kulağıma götürdüm.

- Ne yapıyorsun, diye sordu.

- Şşşş, sessiz ol. Hikâyeyi yeniden dinliyorum.

Raftaki deniz kabuğunu alıp kulağıma götürdüm. Gözlerimi kapattım. Adal'ın sesiyle hikâye yeniden canlandı sanki. Hancının oğluyla çiftçinin kızı han yolunda birbirlerine bakıyorlardı. Kavuşmuşlardı. Aileleri onlara engel olamamıştı. Bu benim saklanma alanımdı. Kendimi kötü hissettiğimde gözümü kapatır, bu ana dönerdim. Sonra gözümü açıp deniz kabuğunu güvenle yerine bıraktım. Sonra masama dönüp kilitli çekmeceye uzandım. Bu çekmecede yatan bir sırrım vardı. Buraya geldiğimden beri Adal'ı ne zaman hatırlasam bu deftere yazardım. Çünkü onu da unutmaktan korkuyordum. Onunla konuşmayı özlüyordum ve içimde birikenleri paylaşabileceğim başka birini istemiyordum. Ben ona aittim. Kalbim bu aidiyeti reddedemeyecek, isyan edemeyecek kadar çelimsizdi.

Çekmeceden defteri çıkarıp boş bir sayfa açtım. Yıllar sonra onu düşünerek kapağında "How can I be lost if I got nowhere to go?" yazan gizli defterime şu sözleri karaladım.

Gözleriyle sevdi, sözleriyle değil... Kalbiyle okşadı, elleriyle değil...

Bugün günlerden yine sen. Adını anınca kendimi hatırlıyorum. Acıyla yanınca derdimi... Adın tutulmamış bir yemindi; bağcıklarına oya gibi işlenmiş... Gözlerindeki mavimsi deniz, kalbimdeki yangını söndürmeye yeter miydi? Yarına borç harç bir geçiş hazırlardı en çok... Kalmakla düşmek biz de hep aynıydı. Bu dünyaya fazlaydık belki de... Öyle ya. Işıklarını denize yaslamış bir kentin çocuklarıydık. Ne yapsak silemezdik yüzümüzde açık bir yara gibi duran gülümsemelerimizi...

Sana eteklerimdeki yamaları göstersem çocukluğuna binip gelir misin? Ya da kalbimdeki yaraları... Yok yok. Onları arkama sakladım. Ama görünüyorlar. Sırtımdan da büyük, boyumdan da. Çocukluğunu acılar emzirmişse biraz kavruk kalıyorsun. Hıçkırarak konuşur gibi büyüyorsun.

Bendim o eski fotoğraftaki etekleri yamalı kız. Bir eli hep şakağında... Avucunda sakladığı hayallerini sıkı sıkıya tutan. Annesini bekliyor kirişin dibinde; gelişini hayat sandığından... Ama hayat belki çıkarır onu bir gün sandığından...

Kahır yüklü gece kamyonları ağlatırken asfaltların anasını, ben çocukluğuma otostop çekiyorum kalbimin yan yollarında. Her gece biraz daha sollanıyor uykularım. Çift şeritli gözyaşları süzülüyor yanağımdan. Ve hiçbir otobüsten inmiyor çocukluğum. Bir Otogar çirkinliğine dönüşüyor havada donan elim. Tutmaya tenezzül bile etmiyor onu diğer elim.

Yazmalıyım. Evet yazmalıyım. Yazmak sessiz konuşmaktır. Yazmazsam ben bile anlamayacağım beni. Susanların can simididir yazmak. Yüreği buz bağlayanın dilinde çöller büyür. Suskunluklarımdan beni anlasalardı şimdi bu kadar yazmak zorunda kalmayacaktım. Ah nasıl öfke doluyum bir bilsen. Sevmeyenlerim beni çok üzdü. Sevdikleri insanlar için de kendilerini üzdüler. Dilerim zaman, onları en çok kanattığı yerde durur. Bedduamdır! Kötü olana neden iyi yüzümü göstereyim?

Sana bunları yazarken hep annemi düşünüyorum. Ah anne! Varlığın ömrümü kısaltırken yokluğun gecelerimi uzatıyor. Bende hâlâ kanıyorsun. Bazen geçer gibi oluyor ama geçmiyor. Hep orada kanıyorsun. Hep orada kalıyorsun. Ben sustuğunu zannettikçe sen ağlıyorsun. Gemilerimde denizler batıyor şimdi. Bana anlattıklarınla değil bana yaşattıklarınla ilgileniyorum. Çünkü ben sana aitim. Yokluğuna... Ve bundan kurtulamıyorum. İnsan sonradan hayatına dahil ettiği her şeyden vazgeçebilir ama ait olduğundan asla!

Acaba çok mu öfkeliyim sana karşı? Neden hep burnumda canım? Bazı öfkeler içimizde gizlenmiş suçluluk duygularının dışa vurumudur. Neye kızdığımızın farkındayızdır ama neyi bastırmaya çalıştığımızı asla bilemeyiz. Ben biliyorum aslında. Bu yüzden artık hayaller kurmuyorum. Benimkilere benzer hayaller kurup gerçekleştiğinde mutsuz olan insanları gördükçe de vazgeçebiliyor insan hayal kurmaktan. Kanatlarım artık bir işe yaramıyorsa kuş olmakla övünmeme gerek yok değil mi Anne? Kanadı kırık hiçbir kuş özgür olamaz. Kanatlarımı kıranlar şimdi uçmamı bekliyor anne.

Ah Ada! Yanlış bir geçmiş için üzülmek yerine, doğru bir yarın için ne yapman gerektiğine karar vermeliyim. Belki de arkasına saklandığımız bahanelerdi bizi bu kadar görünmez, bu kadar hayalet yapan. O kadar kötü günler yaşadım ki uyandığım her sıradan gün bile bana mucizeler getirecekmiş gibi geldi. Sonra birden o günün diğer günlerden hiçbir farkı olmadığının ayırdına vardım. Böyle zamanlarda çok utanıyorum biliyor musun? Yaşadıklarımdan değil; yaşadıklarımın ağırlığı altında ezilerek giderek zavallılaşan kendime bakmaktan... Başkaları da öyle görüyor biliyorum. O kadar çok sevilmeyen gözlerle bakılıyorum ki zamanla ben de kendime onların gözüyle bakmaya başlıyorum.

Anılarımda yaşatmak istediklerimin anısı olarak kaldım hep. Bu konuda belirleyici olan biz değiliz maalesef. Kaybedilen olma ayrıcalığını yaşamama bile izin vermedi vicdanım. Hep beklemediğim anda geldi, beklediklerim de beklemediklerim de... Sen de...

Biz seninle başkaydık. Aramızdaki sessizliklerden duyduğumuz hazdan anlardık yan yanayken bile birbirimize uzak kalıp kalmadığımızı. Suskunluklarımız konuşuyorsa varız, sessizlik yayıyorsa varamamışız demekti.

Gitmekle kalmak arasına çektiğim kalın çizginin hangi tarafında kaldığımı düşünüyorum. Ve her gün biraz daha ölümü... Öleceğini bilerek yaşayan tek canlı insandır. Ve bu insana verilmiş en ağır cezadır. Solgunlukla büyüyen ve hep kendinden saklanan, hep kendine saklanan bir kalbim var. Eski fotoğraflara benziyor. Sakladıkça soluyor.

Her insan yeterince bilmecedir Adal! İnsan varlığıyla dolduramadığı hiçbir şeyi yokluğu ile özletmez. Bugün değilse bile bir gün anlayacaksın ne demek istediğimi.

Umarım bir gün görürsün bu satırları. Ve umarım gözlerin satırlarımda gezerken aklın kalbimi okuyabilir.

Yeniden ona dair yazmak içimi burkmuştu. Gözlerimden bir iki yaş kurtulup defteri ıslattı. Şu an yanında olmayı, yanımda olmasını ne çok isterdim. Yarına kalmanın adıydı belki yanında kalmak. Yanındayken, bile bile kaybolmak... Bundan zerre korkmamak. Şimdi onu özlemek bile içinde bir bedel taşıyor. Ruhuna dokunamadığın kanına dokunuyor. Başımı omzuna dayamayı ve her şeyin iyi olacağını ummayı ne çok özlemiştim. O benim yalnızlığımı alıyordu. Şimdi ise yalnız olma sebebimdi.

Gözlerimi silip defteri kapattım. Çekmeceye özenle yerleştirip kilitledim. Burada olduğu gibi yüreğimde de her şey kilit altındaydı. Keyfe keder sunuluyordu zihnime anahtar. Kendi bedenimde misafir gibi hissediyordum. Derin bir nefes alıp günün kalanı için enerji bulmaya çalıştım. Yukarıda normalden fazla oyalandığım için artık işime dönmem gerekiyordu.

Genç kızı ve babasını baş başa bırakıp çıktıktan sonra birkaç odanın daha kapısını tıklatıp sohbet etmiştim. Dosyalarını okumadan evvel onları bizzat tanımak hoşuma giderdi. Onları bir danışandan önce bir komşu gibi düşünürdüm. Bu tıpkı Kemal Hoca'nın söylediği gibiydi. Ben bir hekimden evvel insandım ve onlardan hiçbir farkım yoktu. Üstelik bu durum onlar için de iyiydi. Birkaçı benimle seanslardan önce tanışmanın gerginliklerini aldığını söylemişti. Bunun beni ne kadar memnun ettiğini anlatamam.

Henüz on dört yaşındayken bu kapıdan ilk kez babamla çıktıktan sonra hayatım ne çok değişmişti. Kemal Hoca'nın izinden gidip psikoloji okumuş, sonra Kanada'da doktora yapma fırsatı bulmuş ve zamanında gücümün yetemediği şeyleri şimdi telafi etmeye girişmiştim. Burada olmak iyiydi ama sanki annemi kurtarana dek bu tatmin-tatminsizlik döngüsü içinde sıkışıp kalacaktım. Hâlbuki karavanla yanaştığımız o sahili gördüğümde bambaşka şeyler ummuştum.

Sandalyede doğrulup önümdeki dosyaya odaklandım. Sonraki randevuma hazırlanmam gerekiyordu. Masama bırakılan papatya çayına uzandım. Derin bir nefesle kokusunu içime çektim. Kırlarda dolaşıyormuşum gibi huzur veriyordu bana. Olmam gereken yerdeymişim gibi hissettiriyordu. Çaydan bir yudum aldım. Hâlâ sıcaktı. Düşündüm. İlk kez ne zaman papatya çayı içtiğimi hatırlamıyordum. Sahi ne zaman sevmiştim ben bunu?

Dosyayı açıp inceledim. Birkaç genel bilgi dışında neredeyse bomboştu. Görev sırasında yaralanmıştı. Travma sonrası stres bozukluğu teşhisi konmuştu. Bir süre ilaç tedavisi görmüştü ama sorunları devam ediyordu. Yeterli değildi. Telefona uzanıp sekretaryayı tuşladım.

- Buyurun Efil Hanım. Nasıl yardımcı olabilirim?

- Merhaba Fazıl Bey. Sonraki randevum için hazırlanıyordum da dosyanın eksik olduğunu gördüm. Bununla ilgili bilginiz var mı?

- Ne yazık ki fazla bir bilgim yok. Kendisi bir subay. Sadece bu vakayı size Kemal Bey'in yönlendirdiğini biliyorum.

- Anladım. Teşekkür ederim.

Telefon elimde bir süre bekledim. Sonra Kemal Hoca'nın odasını tuşladım. Çalmaya başlamıştı ki kapı tıklatıldı. Aralanan kapıdan biri göründü. Müsaade isteyip içeri girdi. Kararlı bakışları soluk yüzünde patlıyordu. Upuzun boyuyla karşımda dimdik durmuş bana bakıyordu. Telefonu yerine bıraktım. Yüzüne dikkatlice baktım.

- Merhaba. İsmim Edip. Randevum için buradayım.

Hemen ayağa kalkıp elimi uzattım. "Edip Bey, memnun oldum. Hoş geldiniz."

- Teşekkür ederim. Hoş buldum.

Karşımdaki koltuklardan birini işaret ettim. Yavaşça koltuğa geçip dizleri çıkmasın diye pantolonunu düzeltti. Sonra sakince oturdu. İşaret ettiğim yere otururken bile bir askerin asaletini sergiliyordu. Hemen konuya girdi.

- Uzun bir görevden döndüm. Birtakım problemler yaşıyorum.

Önümdeki deftere notlar almaya başladım. Söyleyeceği detayları dosyasına işlersem kısa sürede çözüm bulabilirdik.

- Anlıyorum. Ne gibi problemler yaşıyorsunuz? Biraz bunlardan bahsedelim mi?

Derin bir nefes aldı. "Şey, pek iyi uyuyamıyorum."

Başımı salladım.

- Peki, günlük yaşamınızda neler yapıyorsunuz? Vücut olarak kendinizi yoracak bir işle meşgul oluyor musunuz?

- Sonunda uykuya dalabildiğimde neredeyse sabah olmuş oluyor. Takdir edersiniz ki ben bir askerim. Gün aydınlanmadan uyanıveriyorum. Pek az uykuyla güne başlamış oluyorum. Bu da bazen kafamın karışmasına neden oluyor. Bu yüzden bir anlığına kendimi hâlâ görevde zannediyorum ve kalkıp sabah rutinimi uygulamaya başlıyorum. Ancak üniformamı her zamanki yerinde asılı göremeyince ne yaptığımın farkına varıyorum. Günün geri kalanında da bir ruh gibi geziyorum.

- Sizce uyuyamamanızın nedeni yeterince aktif olmamanız mı? Yoksa başka bir şeyle açıklayabiliyor musunuz?

- Kabuslar, dedi bir çırpıda.

- Hmm...

- Bir amaçla yola çıkıyorum ama takip edildiğimi fark edip yolumu değiştiriyorum. Yolumu o kadar çok değiştirmem gerekiyor ki artık nereye gittiğimi unutuyorum ve sonunda kayboluyorum. Hep aynı yerde, aynı kâbusu görüyorum.

- Bu kabusların bilinciyle mi uyanıyorsunuz?

- Gün içinde hatırlıyorum. Bir saat gibi çalışır vücudum. Ne zaman ne yapması gerektiğini bilir. Çoğu şey otomatiktir. Bu yüzden dediğim gibi hemen rutinime dönüyorum.

- Bana biraz görevinizden bahseder misiniz?

- Normal hizmet alanım dışında bir yere görevlendirilmiştim. Çalışma saatlerim pek net değildi. İhtiyaç hâlinde saat kaç olursa olsun çıkıp giderdim.

- Ne kadar zaman kaldınız orada?

Düşündü. "İki veya üç yıl kadar."

- Neden dönmeniz gerektiğini hatırlıyor musunuz?

İfadesi değişmeden konuştu.

- Vuruldum.

Yutkundum. Masanın ardında oturan Kemal Bey'in karşısında sesimi çıkarmadan oturuyordum. Buraya üçüncü gelişimdi. Babamın annemin intihar ettiğini söylediğini düşünmüştüm ama o konuda hiçbir şey sormamıştı. Karavanımızdan, sahildeki günlerimden bahsediyorduk.

- Hiç arkadaş edindin mi?

Başımı salladım. "Adı Adal."

- Hmm.. Adal demek... Nasıl biri bu Adal?

Ellerimi iki yandan örülmüş saçlarımda gezdirdim. "Onun saçları da benimki gibi. Ay yani kızıl demek istiyorum. Örgülü değil."

Güldü. "Bunu belirttiğin iyi oldu. Örgülü saçlarıyla onu hayal etmek biraz zor olmuştu."

Kıkırdadım.

- Neler yapıyorsunuz peki gün içinde?

Derin bir nefes aldım. Parmaklarımı elbisemin kuşağına dolaştırarak konuşmaya başladım.

- Deniz kabuklarına hikâyeler anlatıyoruz. Yakınlarda bir balıkçı barınağı varmış. Adal sahile gelmediği zamanlarda oraya gittiğini söylüyor ama beni hiç götürmedi.

- Neden?

Bakışlarımı kırmızı ayakkabılarıma çevirdim. "Bilmem."

- Geldiğinizden beri kendini nasıl hissediyorsun?

- Bilmiyorum. Sanırım iyiyim. Hiç nöbet geçirmedim.

- Çok iyi. Bundan memnun olmalısın.

- Evet, tabii ama bir şey var.

- Dinliyorum.

- Doktorlar neden nöbet geçirdiğimi anlamıyorlar. İlaç almaktan çok sıkıldım. İyiysem neden devam ediyorum bunlara?

Gözlüklerini çıkarıp ayağa kalktı. Eliyle pencerenin önündeki koltukları işaret etti. İlk gelişimizde orada değillerdi. İşaret ettiği yere doğru gidip koltuklardan birine oturdum. Tam karşıma geçti. Boğazını temizleyip sordu. "Beni görmeye neden geldiğinizi biliyor musun?"

Kafamı salladım. "Hı hı, nöbetler yüzünden."

- Evet. Bunları burada halledeceğiz. Merak etme.

Başımı pencereye doğru çevirdim. Upuzun çakıl yatağında dolaşan babamı gördüm. İçeride bekleyememişti. Bir nefes bırakıp bakışlarımı kucağıma oturttum. Sonra başımı kaldırıp ona baktım.

- Babam ilk nöbetten önce karavanımızın nerede olduğunu sorduğumu söyledi.

Büyük bir ciddiyetle dinliyordu.

- Ancak o zaman karavanımız yoktu.

Yüzündeki ifade değişmeyince bunu zaten bildiğini düşündüm. Babam söylemiş olmalıydı. Yine de devam ettim.

- Neden bir karavanımız olduğunu düşündüğümü anlayabiliyorum. O evden taşınmak, bir karavanda babamla beraber yaşamak istemiştim.

- Kötü bir fikre benzemiyor, dedi.

- Evet ama bunu neden istediğimi hatırlamıyorum. Aslında o güne dair babamın kapıda ayakkabılarını çıkarışından başka hiçbir şey hatırlamıyorum.

Yerinde doğruldu. "Peki, hatırlamak neden önemli?"

- Bilmiyorum. Nöbet geçirmeme sebep olan şeyi bulmak ve durdurmak istiyorum sanırım.

- Sebebi ya daha derinlerdeyse? O zaman hatırlaman da çözüm olmayacaktır.

- Nasıl yani? Derinlerde, nerde?

Başını hafifçe eğip tek kaşını kaldırdı. Anlamamı beklediği bir şey vardı ama çözememiştim.

- Geçmişin, dedi bir solukta.

Ukala bir gülüş geçti dudaklarımdan. Sonra hemen toparlandım.

- Annem, dedim.

Başını salladı. "Artık ondan bahsetmek istemez misin?"

Güldüm. İçimde git gide büyüyen bir şey beni ayağa kaldırdı. "Anlatmak ister miyim? Kemal Bey, bu yaşıma kadar bahsetmek istediğim tek şey oydu ama babam..."

Durup başımı çevirdim. Niyeyse gözümden akan yaşı saklamak istemiştim.

- Baban, diye tekrar etti.

Hızlıca yüzümdeki yaşı silip yerime oturdum.

- Bakın. Ben on dört yaşındayım. Liseye başlayacağım yakında. Bunca zaman onu hatırlamama izin vermedi. Tek bir anı bile anlatmadı onunla ilgili. Böyle yaparak önümde intihar etmesini unutacağımı sanıyor.

Hiçbir şey söylemedi.

- Ama biliyor musunuz? Onunla ilgili neredeyse her şeyi unuttum.

Durdum. Gözlerimden alev çıkıyordu sanki. "O gün dışında."

Ayağa kalktı. Bir bardak su getirip önüme koydu. Bir yudum alıp bıraktım. Sözcükler içimde bir nehir gibi akıyordu.

- Kafama kese kâğıdı geçirdiğini biliyor musunuz? Bakın, bunu da unutmadım. Ancak o unuttu. O silahın sesini duyabileceğimi unuttu. Hesaplamadı. Bir de neyi unuttu biliyor musunuz? Yedi yaşında bir çocuğun o kese kağıdını kafasından çıkarabileceğini unuttu.

Dişlerimi sıktığımı fark ettim. Ayağa kalkıp masadaki peçetelikten bir tane çektim. Oradaki koltuğa çöküp burnumu sildim. Yıllardır çıkmayı bekleyen bu isyanın özgürlüğüne kavuşması gücümü tüketmişti. Arkama yaslandım. "Günün birinde geçmişe dönüp baktığımda o anıdan başka bir şeyim kalmayacak."

Kafamı kaldırdım. Edip Bey dikkatle bana bakıyordu.

- İyi misiniz?

Çok uzun süre dalıp gittiğimi o zaman anladım. "Ah, evet. Affedersiniz."

- Bir anlığına başka bir yere gittiniz gibi hissettim. İsterseniz sonra gelebilirim.

Kendimi kötü hissetmiştim. Daha önce seanslarda koptuğum olmamıştı. Ne diyeceğimi bilemiyordum. Sonra telefona uzandım.

- Size ne ikram edeyim?

Gözlerini dikip bana baktı. İyi olduğumdan emin olması için üsteledim.

- Gerçekten, size bir şey ikram edeyim.

Gülümsedi. "Tamam, siz ne içerseniz o olsun o hâlde."

Başımı salladım. Mutfağı tuşlayıp papatya çayı rica ettim. Avucumun içi terlemişti. Kafamın içindeki o anıdan uzaklaşmak için konuşmaya çalıştım.

- Burada nerede kalıyorsunuz?

Güldü.

- Aslında buraya geleli birkaç gün oluyor. Otelde kalıyorum.

Elini odanın içinde gezdirdi. "Bu işin," dedi "ne kadar süreceğini kestiremediğim için henüz bir yer ayarlamadım."

Az evvelki durumu telafi etmek istiyordum.

- Sizi burada misafir edelim o hâlde. Konuklarımız zaman zaman burada kalırlar. Odalarımızın manzarası da güzeldir.

Güldü. Ben de güldüm.

"Odayı satmaya çalışmıyorsun Efil. Sakin ol!"

- Beni ikna ettiniz, dedi.

Bu sırada kapı tıklatıldı. Mutfak personeli Mehmet Bey tepsisiyle içeri girdi. Edip Bey'in yanına gelip fincanlardan birini önüne bıraktı. Sonra benim fincanımı bırakıp masadaki boş fincanı tepsiye yerleştirdi. "Afiyet olsun."

- Teşekkür ederiz Mehmet Bey, dedim.

- Teşekkürler Mehmet Bey, diye tekrarladı. Sonra bana bakıp gülümsedi. "Daha iyi misiniz?"

Kızardığımı hissediyordum. "Bu odada bu soru bana yöneltilmeyi epey oluyor." dedim. Sonra çaydan bir yudum alıp toparlandım.

- Sizin için bir oda hazırlatıyorum o zaman.

- Teşekkür ederim, dedi. Yüzünden bir gölge geçer gibi olmuştu. Başımı salladım. Hemen seansa devam etmeliydik.

- Son görevinizden önce neler yapıyordunuz? Yani günlük yaşamınız nasıldı?

Duraksadı. Fincanı elinde çevirdi. Bir şeyler düşünüyordu. Bakışları fincanın içinde kaybolmuş gibiydi. Sonra "Bir partnerle çalışırdık. Çevrede devriye gezer, olağandışı hareketleri rapor ederdik." dedi.

- Aktiftiniz yani, dedim.

- Evet, genellikle dış işlere biz koşardık.

Elindeki fincanı önündeki sehpaya hızla bıraktı. Yüzünde bir ekşime vardı.

- Sevmediyseniz başka bir şey ikram edeyim, dedim hemen.

Vücudunu dikleştirip bana döndü. Gülümsemesi zorakiydi.

- Yok, hayır. Gayet keyifli. Teşekkür ederim. Devam edin lütfen.

Israr etmek hiçbir zaman iyi olmazdı. Hazır oldukları zaman anlatmaları daha uygundu. Çünkü benim bilmem onu kabullenmesinden daha önemli olamazdı. Anlatmaya karar vermesi yüzleşmeye hazır olduğunu gösterirdi. Başımla onayladım.

- Peki ya özel yaşamınızda? İş dışında vaktinizi nasıl geçiriyordunuz?

- Ehm, yani üst kurumlardaki kişilere koruma görevlerine yazdırırdım kendimi.

- Eve yalnızca uyumaya gidiyordunuz yani?

- Öyle denebilir.

Cevapları çok kapalı verdiğini fark ettim. İlk seanstan hemen açılmasını beklemiyordum ama bu şekilde stres bozukluğuna çözüm bulmak zorlaşırdı. Düşünmemek için kendini meşgul etmeye çalıştığı belliydi.

- Anlıyorum. Peki, benimle paylaşmak ister misiniz?

Kaşlarını çattı. "Neyi?"

- Düşünmekten kaçınmak için bunca çaba sarf ettiğiniz şeyi...

Bakışları boşluğa düştü. Verecek bir cevabı yok gibi bakıyordu. Tıpkı babam gibi bakıyordu. İçimden bir ürperti geçti. O kadar uzun süre bakıştık ki sonunda bu tanıdık bakışlardan kaçmak için devam etmeye çalıştım.

- Mesleğinizi nasıl seçtiniz?

Yüzündeki ifade sorumla birlikte yumuşamaya başladı. Az evvel bir otobüsün altında kalmaktan kurtulmuş gibi soluk soluğa yanıtladı.

- İstedim.

Sonra saatine baktı. "Galiba günü tamamladık."

- Öyle, dedim.

Daha fazla anlatmayacağını anlamıştım. Çayın son yudumunu alıp dikkatlice tabağa yerleştirdi. Elini uzattı. "Çok memnun oldum Efil Hanım. Oda için de teşekkürler."

- Rica ederim Edip Bey. Bekliyoruz.

Tekrar kazanmak istiyorsan harcadığın emekleri düşünmelisin; kaybettiklerini değil!

DÖRDÜNCÜ BÖLÜM

Gökyüzünü basan al yerini başka türden bir utangaçlığa bırakmış gibiydi. Adeta saklanmaya çalışıyordu. Tüm ihtişamıyla kendini sergileyen güneş küçük bir çocuk edası takınmış, Ayvalık üzerinde batıyordu. Burada oturup gün ışığında son gördüğüm kişinin Adal olması çok hoşuma gidiyordu. Çünkü karanlık diğer her şeyi örterdi. Günden geriye bir tek onun parıl parıl parlayan gözleriyle çilli yüzü kalırdı aklımda. Bir süredir nöbet geçirmememin sebebinin bu olduğunu düşünmeye başladım. Burası bana gerçekten iyi geliyor gibiydi.

Gülümsedim. Yüzümü çevirip Adal'ın güneşten kısılmış gözlerine baktım. Aklımdan geçenleri duyamamasının tadını çıkarıp bambaşka bir şey düşünüyormuş gibi yapmaya karar verdim.

- Tam bu saatte bakınca denizle gökyüzünün birleştiği yere yumurta kırmışlar gibi durmuyor mu?

Bir süre bu görüntüyü izleyip düşündü. Sonra eliyle güneşi kapatıp bana bakmaya çalıştı. Bakışları yüzümde dolaştı. Ardından büyük bir ciddiyetle sordu.

- Acıktın mı sen?

Kahkaha attım. Aklımdan geçenleri bilmesine imkân yoktu. Bu bana büyük bir keyif veriyordu. Diğer yandan sorusuna dürüstçe cevap verebilirdim. Kafamdan geçen şeyden çok uzak bir cevap olmazdı bu.

- Evet, dedim gülümseyerek.

Sevgiye olan açlığımı onu tanıyana kadar fark etmemiştim. Eksik yanıma bakar gibi bakıyordum ona her seferinde. Yanında saatlerce konuşmadan durabiliyordum. Bunca zaman bir yere yetişmeye çalışır gibi koşturup kendimi sevdirmek için çok cümle kurmuştum. Ancak şimdi hiçbir şey yapmama gerek kalmadan duyuluyor, anlaşılıyor, seviliyordum.

- Seni bir yere götüreceğim o hâlde, dedi.

- Hmm, dedim dudak bükerek.

Eliyle karşıyı işaret etti. "Şu adayı görüyor musun?"

- Evet. Oraya mı gideceğiz yoksa?

- Hayır. Ne kadar ulaşılmaz görünüyor değil mi?

Yeniden baktım adaya. Kuş olmadıkça gidip konamazdım. Başımı salladım o yüzden. Haklıydı. Ulaşılmaz görünüyordu.

"İşte," dedi. "Seni götüreceğim yer ulaşılmazı ulaşılır kılıyor."

Güldüm. "Bilmece gibi konuşmaya bayılıyorsun değil mi?" dedim. Aslında onu romantik buluyordum. Ancak benim yaşımdaki bir genç kızın romantizmden kaçmasının en iyi yolu onu görmemiş gibi yapmaktı. Ondan ne kadar etkilendiğimi bilmesini istemiyordum.

Güldü. Dediklerime aldırmadan sordu. "Buraya neden Şeytan Sofrası dediklerini biliyor musun sen?"

- Hayır, dedim. Söyledikleri arasında alaka kurmaya çalışıyordum.

Ayağa kalktı aniden. Elini bana uzattı. "Haydi gel o zaman."

Eline bakakaldım. Nereye gideceğimizi sorgulayamadım bile. Öylece durmuş eline bakıyordum. Daha önce ona hiç dokunmamıştım. Yani dokundum elbette ama böyle değil. Ellerine hiç dokunmadım. Hatta koluna bile girmedim. Yüzüm gökyüzünün kızıllığını çalmış gibiydi. Güneş kadar yakıyordu bu an beni. Başımı kaldırıp yüzüne baktım. Değişen ifadesinden ne yaptığının farkına ancak varabildiği anlaşılıyordu. Yine de elini çekmedi.

Onunla sahilde karşılaştığımız an sadece üç ay önceydi. Üç ay boyunca içimde dallanıp budaklanan duygular onun uzattığı el için bir anlığına hazır ola geçmişti. Bir süre daha yüzüne baktım. Bu anı ne olursa olsun hatırlamak istiyordum. Öylece bakıp şu ilk temastan önceki duyguya sıkıca sarıldım. Çünkü hemen yaşanıp bitecekti ve hiçbir dokunuşunda şimdiki gibi hissetmeyecektim. Bundan emindim.

Elimi uzatıp onunkiyle kavuşturdum. Gözlerimin içine bakıyordu. Sanki gözlerime bakıyor ve oradan dalıp ruhumu keşfe çıkıyordu. Onda ihtiyacım olduğunu bile bilmediğim bir şey vardı. Şimdi bulmuş olmak da çok erkenmiş gibi hissettiriyordu. İçimde bir ürperti yükseldi. Tüm vücudum titrerken ayaklarımın üzerinde durmak zor olacaktı.

- Üşüdün mü?

Buz üstünde yatıyormuş gibi hissediyordum. Cevabımı beklemeden montunu çıkardı. Sonra bir bebek gibi giydirdi beni. Önümü iliklerken saçlarını izledim. Onda bir kusur arar gibi her şeyini dikkatle izliyordum. Bulamadıkça içimi korku kaplıyordu. Gerçek olamayacak kadar güzeldi. Son düğmeyi de ilikledikten sonra tekrar elini uzattı. "Gidelim mi?"

Uzattığı eli bu kez daha çabuk tuttum. O ilk andan sonra bundan daha çok yapmak istediğim başka bir şey yoktu. Eli elimde oldukça büyüyordum sanki. Kocaman oluyor ve dünyanın ağırlığı altında ilk defa ezilmiyordum. Avucunun içinde elim güvendeydi. Korkularım silinmişti.

Demir parmaklıklı bir alana gelene kadar sessizce el ele yürüdük.

- Bunu görmüş müydün, diye sordu.

Gösterdiği yerde dev bir çukur vardı ve içi su doluydu. Başımı salladım.

- Bunun şeytanın ayak izi olduğu söyleniyor, dedi.

- Şeytanın mı? Niye ki?

- Çok eskiden burada Rumlar yaşarmış. İçlerinden biri pek istenmeyen biriymiş. Çevresi tarafından tuhaf karşılanırmış. Herkes ona şeytan diyormuş. Adının Penelop olması lazım. Neyse, bir gün uyumsuzluğu nedeniyle kilise bu adamı kovmuş. Ne yapsın çaresiz gelmiş, şimdi bu bulunduğumuz tepede yaşamaya başlamış. Tabi bu yetmemiş onlara. Hakaret etmişler, taşlamışlar. Onu bu tepede de rahat bırakmamışlar.

Birden huzursuz hissetmeye başladım. Düşünceler zihnime yığılmaya başlamıştı. Yine de dinlemeye çalıştım. Sanki zihnimi okuyormuş gibi ispat etmek istercesine sordum.

- Ee, o ne yapmış peki?

Gülümsedi. "Sofra kurmuş."

- Nasıl yani, dedim.

- Kocaman bir sofra kurmuş. Tam bir ziyafetmiş. Gelen herkes de bu sofrayı görünce dayanamayıp yemeklere dadanmış. Bu adam da pırr diye kimseye görünmeden kaçmış gitmiş.

- Tepenin bu yuvarlak görüntüsü onun sofrasıymış yani, dedim şaşkınlıkla.

Başını salladı. Ben de salladım. Ancak gözüm tekrar yerdeki çukura ilişti. "Ee, bu ne alaka o zaman?"

- Ha o da başka bir rivayet.

Aklıma Bergama'daki öğretmenim gelmişti. "Sen inanmak istediğini seçersin." demişti. İnsanlar ne çok konuşuyordu bilmedikleri şey hakkında.

- Neymiş?

- Pagan dinlerinde ve diğerlerinde olduğu gibi Yunan mitolojisinde de cennetten kovulma hikâyesine benzer bir hikâye anlatılır. Bazı farklılıklar olsa da özünde uyumsuz olan şeytan kovulur. Mitolojide buradaki İda Dağı tanrıların yuvası olarak biliniyor. Dolayısıyla kovulan şeytanın kaçarken izini bıraktığını düşünüyorlar.

Büyük bir ciddiyetle anlatıyordu. Aynı ciddiyetle dinlemeye çalışıyordum.

- Şeytan yeryüzü için fazla büyük tabii. Ayaklarından biri buraya, diğeri de taa karşıdaki Midilli Adası'na denk geliyor. Anlatılana göre Zeus'un canını fena sıkmış ve o da kovma görevini bir tanrıçaya vermiş. Adı Selene olan bu tanrıça da şeytanı kovmuş.

- Ha o yüzden adaya bakınca bana öyle sordun, dedim.

Başını salladı. Aslında tam olarak hikâyelerin ikisi de tatmin edici değildi. Birinden birine inanmak güçtü. Bu hikâye de sofra kısmını açıklamıyordu ama bir şey demedim. Çünkü hikâye anlatmayı ne çok sevdiğini biliyordum. Bu sırada cebinden birkaç bozukluk çıkardı. Birini bana verdi.

- Bir dilek dile ve at parayı şuraya.

Güldüm. "Şeytandan mı diliyoruz?"

Yüzüme baktı uzun uzun. Bir süre düşündü.

- Haklısın. Hiç böyle düşünmemiştim. Gel benimle, deyip elimden çekiştirdi.

Yol üzerinde bir ağacın önünde durdu. Her zaman cebinde taşıdığı bez mendilini çıkarıp ağacın dalına bağladı. Sonra bana döndü. "Sıra sende. Gel, bir dilek dile."

Gülümseyerek yanına gittim. Boynumdaki fuları çözüp ağacın dalına uzandım. Gözlerimi kapatıp bir süre ne dileceğimi düşündüm. Gözümün önüne tek bir şey geliyordu: Adal. Tek dileğim onun sadece anılarında kalmamaktı. Fuları ağacın dalına bağlayıp geri çekildim. Elimden tuttu. Bir süre ağacın dalında yan yana sallanan dileklerimize baktık. Onun ne dilediğini çok merak ediyordum.

Tepeden aşağıya inerken de elimi hiç bırakmadı. Adanın etrafında biraz yürüyüp yerleşim yerinden oldukça uzak bir kıyıya ulaştık. Ufak bir çadır ve bir tekneden başka bir şey yoktu. Yaklaştıkça çadırın önünde oturan yaşlıca bir adam olduğunu fark ettim. Adal onun kim olduğunu anlatmaya girişti.

- Bu sana daha önce bahsettiğim balıkçı. Adı Aziz.

- Beni ona mı getirdin?

- Evet. Aslında çocukların çoğu onu burada ziyaret eder ama şu an yoklar. Biz biraz geç kaldık. Seni buraya getirmeyi çok istemiştim ama hep bir aksilik çıktı. Karnımızı burada doyurabiliriz.

Biraz tedirgin olmuştum. "Habersiz geldik. Ayıp olmaz mı?"

Gülümsedi.

- Merak etme. Aziz Amca çocukları çok sever. Hem yalnız başına yemek yemesini istemezsin herhâlde?

Beni ikna etmek için böyle söylemişti ama yine de düşündürdü. Yalnızlık çekiyor olabilirdi. Neden yalnız yaşadığını merak ettim ama Adal emin adımlarla çadıra doğru ilerleyince vazgeçip peşinden gittim.

- Merhaba. Gelebilir miyiz?

Balıkçı başını kaldırdı. Grileşmiş uzun sakalları arasından bile o sıcak gülümsemesi fark ediliyordu.

- Tabii, lütfen.

Ağaçların kıyıya yakın olanlardan birkaçının ortasına kurulmuştu çadırı. Bir iki tabureyle birkaç kap kacak vardı etrafında. Denize yakın kısımda da cılız bir ateş yanıyordu. Çevresinde irili ufaklı taşlar vardı. Adal bunlardan birine oturmam için işaret etti. Geçip oturdum. Diğerine de o geçti. Balıkçı elindeki çalı çırpıyı alıp denize doğru ilerledi.

- Onları ne yapacak, dedim fısıldayarak.

- Tuttuğu balıkları kızartmak için ateşi canlandıracak, dedi.

Adal böyle söyleyince etrafta balık aradım. Çadırın arka tarafında bir kova duruyordu. Adal'a orayı işaret ederek sordum. "Şunun içindeler mi?"

- Evet.

Ateşi harlayan balıkçı tabureleri taşların arasına yerleştirdi. Malzemelerini bunun üzerine koydu. Sonra gülümseyerek taşlardan birine oturdu. Balıkların bulunduğu kovayı ayaklarının dibine çekerken dikkatlice bana baktı.

- Seni buralarda daha önce görmedim sanırım.

- Hayır. İlk kez geliyorum.

- Doğru, dedi başını sallayarak.

Bir şeyler söylemem gerekiyormuş gibi hissediyordum ama aklıma bir şey gelmiyordu. Adal bu boşluğu fırsat bilip atıldı.

- Daha önce görmedin ama duydun, dedi gülümseyerek.

Aniden ona döndüm. İncecik dudakları muzip bir ifade yaratmıştı. Balıkçı gülmeye başladı. Bu sırada balıkları tel bir ızgaranın üzerine yerleştiriyordu.

- Aa evet, doğru. Hem de çok duydum.

Yüzümün al al olduğunu hissedebiliyordum. Ellerimle saklamaya çalıştım ama Adal engel oldu. Balıkçı ızgarayı ateşe tutmak için yerinden kalkınca kulağıma eğildi.

- Yüzünü benden asla saklama. Hafızamda yüzünü göremediğim hiçbir gün olmasın.

Sonra ellerimi yüzümden çekip gözlerini gözlerime dikti. Gülümseyerek karşılık verdim. Bakışları üzerimde öyle yoğunlaştı ki bir an yeryüzünde sadece ikimiz varmış gibi hissettim. Sonunda anın büyüsünden sıyrılmak için bakışlarını çevirmeye çalıştı. Tekneye bakıp konuştu.

- Aziz Amcanın şu karşı adada bir barınağı var. Zaman zaman şu gördüğün tekneyle bu kıyıya geliyor. Burada bir gece kalıp sabah erkenden barınağa dönüyor.

Bu çabasına ortak olmaya çalıştım. Gözlerimi kırpıp derin bir nefes aldım. "Öyle mi?"

- Evet. Buraya ne zaman gelse bize hikâyeler anlatıyor.

Gülümsedim. Aklıma deniz kabuğuna hikâye anlatışı gelmişti. Balıkçı bu sırada gazeteye sarılı ekmeklerden birini alıp ikiye böldü. Önünde koca bir kapta doğranmış yeşillik ve domates vardı.

"Bazen," dedi Adal "onunla barınağa gittiğim de oluyor."

Balıkçıya döndüm. Kızaran balıkları ekmeğin arasına yerleştirip bol bol yeşillik koydu. Geldiğimizden beri çok az konuşmuştu. Neden böyle bir hayat seçtiğini merak ediyordum. Bu sessizliğinde onu biraz izledikten sonra dayanamayıp sordum.

- Yalnız yaşamaktan sıkılmıyor musunuz?

Başını kaldırmadan ufak bir kahkaha soludu. "Yalnız değilim ki... Perilerim beni hiç yalnız bırakmaz."

- Ama karşıda yalnız kalıyorsunuz değil mi?

Ekmeklerden birini bana uzatıp cevapladı. "Öyle."

- Aziz Amca konuşmayı pek sevmiyor sanırım, dedim Adal'a fısıltıyla. Bu sırada balıkçının uzattığı ekmeği alıyordu.

- Gerektiğinde konuşur. Buralarda çok kimseyle görüşmüyor. Çünkü pek sevmiyorlar onu. Sanırım bu izole hayatı onlara tuhaf geliyor. Sağda solda onunla ilgili konuşup duruyorlar. Bana kalırsa Aziz Amca çok özel biri. Tanıdıkça sen de anlayacaksın.

Bir şey demeden karşımda oturan yaşlı balıkçıya baktım. Pergamon'a bakar gibi hissediyordum. Anlatmadığı hikâyeleri merak ediyordum. Gerçekte kim olduğunu yansıtan ama rivayetlerin ardına gizlenmiş gerçekleri. Gözleri yorgun ama kendinden emin gibiydi.

Bir süre konuşmadan ekmek arası balıklarımızı yemeye devam ettik. Deniz de akşamüzeri gelgitleri yaşıyordu. Güneş henüz saklanmıştı. Ay ve yıldızlarla cilveleşen yakamozlardan başka bir şey seçilmiyordu. Bir onlar bir de biz vardık. Hafif bir esinti yüzümü okşayıp geçti. Aslında burada olmayı ben de tercih edebilirdim, diye düşündüm. Burada geçen her dakika balıkçıya hak veriyordum.

Adal balıkçıya döndü.

- Aziz Amca, şu bize hep anlattığın hikâyeyi Efil'e de anlatır mısın?

Balıkçı başıyla onaylayıp etrafı toparlamaya girişti. Daha sonra teknenin içinden aldığı battaniyeleri uzattı. Birkaç çalı çırpıyla ateşi tekrar canlandırdıktan sonra anlatmaya başladı.

- İnsanlığı göz yaşına boğan dünya savaşı sona ereli birkaç yıl olmuştu. Derin nefes çekenler Avrupa semalarındaki barut kokusunu hâlâ alabiliyorken Doğu'nun uzak ülkelerinde insanlar nükleer cehennemin yaralarını sarıyordu. Ama tüm bunlara rağmen Akdeniz'in incisi Kıbrıs'ta ilk bahar başka yaşanıyordu o sene. Duruşuyla genç kızların gözlerini ışıldatan, gülüşüyle kendine hayran bırakan Adnos'un yüreği başka çarpıyordu. Akdeniz'in maviliğinin içerisinde beyazın masumiyetine kapılıp gitmişti. Kumların üzerinde bir melek gibi yürüyen, bir martı gibi süzülen Larina'ya düşmüştü kalbi. Çok sürmemişti Adnos'un sevdasına karşılık alması. Öyle yakışmışlardı ki birbirlerine bu genç aşıklar, adanın kumruları diye kıskanılır olmuşlardı.

Aziz'in bunca çocuğu nasıl cezbettiğini şimdi anlıyordum. Daha başında hikâyesi beni kendine çekmişti. Aziz'in ses tonu ve mimikleri öyle etkileyiciydi ki akıntıya kapılıp giden yaprak gibi hissediyordu insan kendini.

- İnsanlık tarihi boyunca olduğu gibi kin ve nefret ateşi yanmaya devam ediyordu dünyada. Ten renkleri, saç şekilleri, kıyafetler, türküler... Her farklılık bir bahaneydi gözünü hırs bürümüşler için. Karanlık bulutlar adanın üzerinde gezinmekteydi artık. Denizin mavisi griye çalıyor, martılar daha üzgün uçuyorlardı sanki. Halk arasında dolaşan intikam söylemleri iki taze yüreği titretmeye yetmişti. Korkuları bir karabasan gibi gelip çökmüştü üstlerine bir akşam vakti.

Bu söylediğiyle tam olarak ne demeye çalıştığını anlayamadım. Adal ise daha evvel dinlediği bu hikâyeye hâlâ aynı iştahla yaklaşıyor gibiydi. Gözlerini balıkçıdan ayırmadan dinliyordu. "Adnos ile Larina ayrıldılar mı yoksa?" Sorumu duymazdan gelip devam etti yaşlı adam.

- Komitacılar çalmıştı Adnos'un kapısını. Köyün gençlerini topluyorlardı ev ev dolaşıp. İntikam zamanı, zafer zamanı, büyük ideale ulaşma zamanı diye naralar atıyorlardı. Çaresiz Adnos'ta düştü peşlerine gitti onlarla bir bilinmeze. Larina'nın kanadı kırık bir martı gibi peşinden gelişini silemedi gözlerinin önünden. Bir de haykırması gitmedi kulaklarından "Bekleyeceğim seni sevgilim" diye... Ormanın içerisinde bir kampa götürüldüler. Sabah akşam eğitim görüyorlar, savunma ve saldırı tekniklerini öğreniyorlardı. Tahtadan hedeflere kurşun sıkmaları isteniyor ve ekleniyordu her seferinde "zamanı geldiğinde aynı böyle sıkacaksınız düşmana da" diye.

- Bu hikâye gerçek mi Aziz Amca?

- Her hikâye biraz gerçektir. Bir yerlerde birileri mutlaka tecrübe etmiştir. Kimi apaçık önümüzdedir kimi de kelimelerin altına gizlenir.

- O hâlde Adnos ile Larina savaş yüzünden ayrıldı. Savaş oldu değil mi?

Durgunlaşmıştı. Bakışlarını denizden tarafa çevirdi. "Oldu." dedi bir iç çekerek.

- Öldüler mi yoksa, diye sordum hüzünle.

- Bilmiyorum, dedi bana bakıp. Yorgun bir gülümseme takındı. "O hâlde hikâye bitmiş sayılmaz, öyle değil mi?"

Gülümsedim. "Öyle görünüyor."

Gülümseyerek devam etti.

- Adnos kamp alanında kopan gürültüyle uyanmıştı bir sabah. Rütbeliler sevinç çığlıkları atıyor üzerleri isli, kanlı birkaç komitacının sırtını sıvazlıyorlardı. "Bravo size! Büyük idealin savaşçıları bravo size. Davamız halkımız sizi unutmayacak" gibi övgülerle de gönüllerini okşuyorlardı. En genç olanına takıldı Adnos'un gözleri. Gururla dikilmesi gereken başı suçlulukla yıkılıyordu sanki. Başı önde mırıldanıyordu. "Daha bir bebekti. Küçücük minicik bir bebek." Duydukları Adnos'un kanını dondurmuştu. Genç komitacı eline tutuşturulan şarapla avutulurken Adnos sıtmaya tutulmuş gibi titriyordu.

Ya hava ciddi anlamda serinlemişti ya da bu hikâye içimi ürpertiyordu. Gece yatmadan evvel kurduğun planlar başka birinin daha büyük planları yüzünden alt üst oluyordu. Ben ilk kez savaşın bu yanını dinliyordum. Tarih derslerinde rakamlardan ve neden-sonuçlardan başka bir şey yoktu. Savaşın gerisinde insanlara neler olduğunu hiç düşünmediğimi fark ettim. Aziz derin bir iç çekerek devam etti hikâyeye.

- Adnos kararını vermişti o sabah. Ne can yakan tarafta olacaktı ne de canı yakılan tarafta. Kesinlikle bu kavganın bir tarafı olmayacaktı.

- Ne yaptı peki, dedim heyecanla.

- Kaçtı. İdam emri verileceğini bile bile kaçtı.

Nefesim kesildi. Gözlerim dolmuştu. "Ya Larina?"

- Adnos'un ilk yaptığı ayladır görmediği meleğine koşmak oldu. Yol boyunca hayaller kurdu. Nasıl el ele verip özgürlüğe uçacaklarını düşleyip durdu. Ama...

- Gelmek istemedi mi yoksa?

- Bunu hiç öğrenemedi Adnos.

Bir cevap bulurum umuduyla Adal'a dönmüştüm ama gözyaşları çillerini ıslatıyordu. Şaşkınlıkla düşen yaşların yolunu izledim. Eline uzanıp sıkıca tuttum. Sanki tutmasam onu kaybedecekmişim gibi var gücümle sıkıyordum. Dudaklarını ısırdı. Sonraki yaşları durdurmaya çalıştığını anlayabiliyordum. Elini elimin üstüne koydu. Artık anlamıştım. Hikâye iyi bitmiyordu. Yine de sordum. "Neden?"

- Çünkü bulamadı Larina'yı. Beklememişti Adnos'u, uçup gitmişti başka diyarlara.

- Ne? Adnos'u hiç mi düşünmemiş? Hani onu seviyordu?

Balıkçı acıyla güldü. "Ah küçüğüm, sevgi bazen yetmez." dedi içinde hüzün saklayan tok sesiyle. Sonra denize doğru bakarak sessizce yutkundu. Ölümcül bir sessizlik paylanmıştı kulaklarımızda. Kabaran dalgaların sesi bile fonda cılız bir uğultu gibi kalıyordu. "Sahipken kaybetmek ne üzücü" dedi Adal cılız ve kederli sesiyle. Dudaklarında beliren yarım ve anlamlı gülümsemeyle yüzünü bize doğru döndü Aziz.

"Bir şeylere sahip olduğunda, sahip olduklarını kaybetme korkusunu da edinirsin. Korkman ve üzülmen gereken asıl şey kazandıklarını kaybetmiş olman değil, kazanırken harcadığın emeğin hebası olmalıdır." dedi. Ateşe biraz daha çalı çırpı atarak devam etti. "Asıl sorun, sahip olduğunun zamanla sana sahip olmasıdır. O zaman kaybettiğine verdiğin emekten daha çok kaybettiğin şeye üzülürsün. Tekrar kazanmak istiyorsan mücadele edecek gücü bulabilmek adına harcadığın emekleri düşünmelisin; kaybettiklerini değil!"

Yılların tecrübesiydi konuşan. Sadece kurduğu cümlelerden değil bakışlarından, ses tonundan, duruşundan, susuşundan bile kendini belli ediyordu bu birikim. Oturduğu yerden yavaşça ayağa kalkarak gözlerini bana dikti Aziz. Bir babanın çocuğuna duyduğu karşılıksız sevgi ve merhametin izleri yüklüydü gözlerinde. Dudaklarındaki yarım gülümsemeyle devam etti. "Sahip oldukların bir gün senden geri alınabilir. Önemli değil. Onlar önceden de senin değildi. Ama emek denen gücü yitirmen senin asıl kaybındır unutma. Kazanırken harcadığın emek, kazandıklarından çok daha kıymetlidir çünkü..."

Yaşlı balıkçının yanından ayrıldığımızda ikimiz de konuşmuyorduk. İnsan ister istemez kendine dönüyordu. Kendi olası kayıplarını düşünüyordu. Annemin vedasında zaten söz hakkım olmamıştı. Adal'dan da ayrı kalabileceğim fikrine tahammül edemezdim. Dönüp yüzüne dikkatlice baktım. Yüzünün her bir detayını hafızama kazımak ister gibi eşeliyordu bakışlarım. Ona çoktan bağlandığımı anladım. Artık çok geçti.

- Seni bırakmayacağım, dedi birdenbire. Sonra bakışlarını bana çevirdi. Yüzünü keşfeden gözlerimle buluştu böylece. Kararlı bakıyordu. "Asla!"

İhtiyacım olan şeyi nasıl da biliyordu. Kalbim delice böyle bir teminat bekliyordu. Sanki böyle söylemese sonsuza dek o duygunun içinde boğulacaktım. Bergama'da sayısız arkadaşa veda etmiştim. Sayısız kayıplarım olmuştu. Sonrasında yaşama hızla devam etmiş ve arkalarından yas tutmamıştım. Biraz üzülmüş ve bir daha bağlanmayacağıma dair yemin etmiştim. Her seferinde! Ancak şimdi anlıyordum ki o bağlanmak değildi. Belki de öyleydi, bilmiyorum ama bu kesinlikle başka tür bir bağlanmaktı. Adal kesinlikle sadece arkadaşım değildi. Göğsümü yoğun bir çaresizlikle dolduran ve üzerinde hiçbir kontrol sağlayamadığım bir şeydi. Ardıma bakmadan kaçmak istediğim ama aynı zamanda ihtiyaç duyduğum bir şey.

Onsuzluğa çoktan
razıymışım gibi
yaparsam sanki daha az
canım acıyacaktı.

BEŞİNCİ BÖLÜM

Babam beni binanın önünde bıraktı. O kocaman kapıya elimi dayayıp arkama döndüm. Benimle gelmesini ve annemi anlatırken orada olmasını isterdim. Birlikte çözebilirdik. Hatırlamama yardımcı olabilirdi. Şimdi buradan ona bir kez daha bakınca anlıyorum ki annemden sonsuza dek kaçacak. Eğer konuşmazsak annem sanki hiç ölmemiş sayılacak onun için. Bu yüzden bozmuyorum onun sessizliğini.

Bahçede ne yapıyor beni beklerken bilmiyorum. Sürekli kendi düşüncelerinde yaşayan biri nasıl sıkılmaz? Nasıl bir an olsun yalnızlığını sonlandırmak istemez? Bir süre daha onu izledim. Çakıl yatağında elleri ceplerinde ilerledi. Ne düşünüyordu? Babamın düşünceleri gözümde tanrılaşmıştı. Oradaydı biliyordum ama göremiyordum. Hani sorarlar ya bir süper gücünüz olsaydı ne olurdu diye... Ben hep zihin okumak derdim. İlgilendiğim tek zihin babamınkiydi aslında. Sırf onu duyabilmek için diğer tüm zihinlerin gürültüsüne razıydım.

Derin bir nefes alıp içeri girdim. Geniş bir hol karşılıyordu içeri girince. İki yana uzun koridorlar uzanıyordu. Tam karşımda da geniş merdivenler vardı. Üst katlara hiç çıkmamıştım. Bu kadar büyük bir binaya neden ihtiyaç duyduklarını merak ediyordum. Birkaç defa birilerinin inip çıktığını görmüştüm ama sormaya çekinmiştim. Girişte karşılamada Nazire Hanım otururdu. Her zaman beni gülümseyerek selamlar, sonra doğruca Kemal Bey'i arardı. O beni kabul edene kadar benimle sohbet etmeye çalışır ama "Okul nasıl gidiyor?" sorusundan öteye geçemezdi. Bugün de holü yarılar yarılamaz başını kaldırıp yine aynı şekilde gülümsedi. "Hoş geldiniz."

- Merhaba. Hoş buldum. Nasılsınız?

Masanın hemen önünde duran koltuklardan birine oturdum. O çoktan telefonu eline almıştı bile. Açılmasını beklerken yanıtladı.

- İyiyim teşekkür ederim. Siz nasılsınız?

Sorusunu cevaplayamadan yeniden konuşmaya başladı.

- Kemal Bey, Efil Hanım buradalar. Evet. Tamam.

Telefonu yerine yerleştirip gülümseyerek bana baktı. "Sizi bekliyor. Buyurun lütfen."

Teşekkür ederek henüz oturduğum koltuktan kalkıp Kemal Bey'in odasına doğru yürümeye başladım. Sonra aniden durdum. Nasıl olduğumu sormuştu ama cevabını almadığını fark etmemişti. Öylesine sorduğu çok açıktı. Çoktan işine dönmüş olan Nazire Hanım'a baktım. Hâlbuki nasıl olduğumuz, nasıl hissettiğimiz burada olma sebebimizdi. Buna önem veren birinin beni karşılamasını isterdim, diye düşündüm. Ancak bir şey söylemeden ilerledim. Kapı yarı açıktı. Tıklatıp içeri girdim. Beni her zamanki gibi ayakta karşıladı.

- Hoş geldin, dedi yine o kocaman gülümsemesiyle. Ona bakınca Nazire Hanım'ın gülümsemesinden farklı olduğunu anlayabiliyordum. Daha samimi, daha sıcak geliyordu. Hemen enerjimi değiştiriyordu. Ona baktıkça onun gibi olmak istiyordum.

- Hoş buldum, dedim gülümseyerek.

- Ne ikram edeyim?

- Teşekkür ederim. Bir şey içmeyeyim. Gelmeden evvel Adal ile bir şeyler içmiştik.

Gülümsedi. "Peki o hâlde. Adal nasıl?"

Adalı sormayı ihmal etmemesini seviyordum. O kadar iyi yaklaşıyordu ki onunla bir şeyler paylaşmamı kolaylaştırıyordu. Bana iyi gelen şeyleri biliyor ve onlardan bahsetmemden memnun olduğunu belli ediyordu. Gülümsedim.

- Sanırım iyi. Zaman zaman çok dalgın oluyor ama bana bakarken her zaman gülümsüyor. Bugün ilk kez evlerine gittim. Babasıyla tanıştım. Çok tatlı birine benziyor. Çok güler yüzlü. Bize kahvaltı için çok lezzetli şeyler hazırlamıştı.

İlgiyle dinliyordu. "Ne hoş. Peki sence Adal neden dalgın?"

- Bilmiyorum.

Bir an duraksadım. Bakışlarımı dizlerime indirip bir nefes bıraktım. "Belki o da annesini özlüyordur."

Kemal Bey elindeki kalemi bırakıp arkasına yaslandı. Söylediklerim sayesinde konuşmanın istediği yere evrildiğini biliyordum.

Bir şey söylemiyordu ama annemden bahsetmemiz gerektiğini düşündüğünü biliyordum. Başımı kaldırınca göz göze geldik. İfadesi ciddi ama bir o kadar da sıcaktı.

- Adal annesiyle ilgili bir şey anlatıyor mu?

- Bir keresinde onları terk ettiğini söylemişti. Bu konu hakkında fazla konuşmak istemiyor.

Derin bir nefes aldı. Adal'ı geride bıraktığımızı hissediyordum.

- Anladım. Peki ya sen? Sen ona annenden bahsettin mi?

İşte soru çok bekletmeden gelmişti. Yıllarca onu konuşmak istediğim hâlde konu açılınca birden çekinmeye başlıyordum. Gözüne ışık tutulmuş tavşan gibi kalakalıyordum. Ne kaçabiliyor ne de teslim oluyordum. Ancak artık bu böyle gitmezdi. Bu kez konuşmayı deneyecektim. Yutkundum.

- Hı hı. Kendini öldürdüğünü söyledim. Her ikimizin annesinin de kendi istekleriyle bizi terk etmiş olması ne garip bir tesadüf değil mi?

Kemal Bey sesini çıkarmadı. Sadece devam etmemi bekliyordu. Aslında Adal'ın annem konusunda herkesten daha normal davrandığını ve bunun beni iyi hissettirdiğini söyleyecektim ama beni iyi hissettiren şeyleri konuşarak iyileşemeyeceğimi biliyordum. Bu yüzden yıllarca köşe bucak sakladığım bir sırrımı paylaşmaya karar verdim.

- Size bir şey söylemek istiyorum, dedim sonunda.

- Dinliyorum, dedi içtenlikle.

- Annemi görüyorum, dedim bir çırpıda. Günahımı itiraf eder gibi çıkmıştı sesim.

- Öyle mi? Nerede peki?

Bir süre yüzünü inceledim.

- Ne düşündüğünüzü biliyorum. Onun öldüğünü kabullenemediğimi sanıyorsunuz. Aslında yanılıyor sayılmazsınız. Hiç kimse annesinin ölümünü kabullenemez herhâlde. Ancak bu başka türlü bir şey. Her yaptığım işte beni izliyor gibi, yargılıyor gibi hissediyorum.

Yerinde doğruldu. İtirafım göğsümü sıkıştırıyordu. Anlamış gibi kalkıp bir pencere açtı. Ayağa kalkıp pencerenin önüne gittim. İçeri süzülen hava ciğerlerime dolmaya başladı. Dönüp oradaki koltuklardan birine oturdum. Kemal Bey karşıma oturup gülümsedi. "Daha iyi misin?"

Başımı salladım.

- Ne zamandan beri görüyorsun anneni?

Düşündüm. İlk kez ne zaman gördüğümü hatırlamaya çalıştım. Ancak bir türlü bulamıyordum. Geçmişi taradıkça sahneleri anlamsız yerlerden kesilmiş bir film izliyor gibi oluyordum. Çoğu şeyin anlamı kaybolmuştu. Sadece görünüp kaybolan resimler vardı.

- Hatırlamıyorum, dedim sonunda pes ederek.

- Peki en son ne zaman gördün?

- Bugün buraya gelmeden evvel. Karavanın kapısında durmuş bana bakıyordu.

- Yargıladığını hissediyorum demiştin.

Başımı salladım.

- Sence buraya gelmeni mi yargılıyordu?

- Bilmiyorum. Aslında hiçbir zaman neden öyle baktığını tam olarak anlayamadım. Yaşarken de bazen böyle bakardı. Bakışları beni deler geçerdi. Hiçbir zaman ne demek istediklerini anlayamadım.

- Hmm... O hâlde bu gördüğün görüntü anılarından bir kesit olabilir mi?

Kaşlarımı çattım. Söylediği şey beni düşündürmüştü. Gerçekten böyle olabilir miydi?

- Bilmiyorum. Nasıl anlayacağım ki bunu? Durup öylece bakıyor sadece.

- Ne giyiyordu, diye sordu.

Buna hiç dikkat etmediğimi fark ettim. Tek dikkatimi çeken şey bakışlarıydı. Düşünmeye çalıştım. Karavanın kapısındaki görüntüye gitmeye çalışıyordum ama zihnim aniden yine bulanıklaşmaya başladı. Sanki zihnimde bir yere varmaya çalışırken biri beni başka yöne itiyordu. Gözlerimi kapatıp odaklanmaya çalıştım. Sonunda o yargılayıcı bakışlarla buluştum. Bakışlarımı aşağı doğru kaydırmaya çalıştım ama odaklanmakta zorlanıyordum. Zar zor omzuna kadar inip bir görüntü yakaladım.

- Çiçekli bir gömlek var sanki.

Görüntü yeniden siliniyordu. Parmaklarımı alnımda gezdirip yeniden konsantre olmaya çalıştım. Başım ağrıyordu. Zorladıkça bir engele takılıyor gibi oluyordum. Sonra aniden annem benden uzaklaşmaya başladı. Küçücük kalana kadar bakmaya devam ettim ama görüntü bir anda kayboldu. Her yer karardı.

Gözlerimi açtığımda annemin gözleri yerine Kemal Bey'in gözleri vardı. Başımda duruyordu. Anlam veremedim. Niye bu kadar yakınımdaydı? Eğilmiş neye bakıyordu?

- İyi misin, diye sordu telaşla.

Kaşlarımı çatınca ne olduğunu anlamadığımı fark etmiş olacak ki açıklamaya girişti. Yine gülümseye çalışarak o sakin ses tonuyla konuştu.

- Bir atak geçirdin. Seni biraz yorduk bugün sanırım.

Bir şey söyleyemedim. Durumu algılamaya çalışıyordum. Ataklardan sonraki bu boşluk hissi çok tuhaftı. Bu yüzden sindirmeye çalışıyordum. Sonra kapıda birinin bana baktığını fark ettim. Yüzünü seçmeye çalışıyordum. Herhâlde Nazire Hanım'dan yardım istedi diye düşündüm. Sonra bakışlarımı odaklayınca onun aslında kim olduğunu anladım. Annemdi. Çiçekli gömleğinin üzerine tulum giymişti. Görüntü o kadar netti ki gülümsedim. Bir süre bu netliğin tadını çıkardım. Onu gerçekten özlüyordum. Sonra başımı çevirmeden Kemal Bey'e cevabımı verdim.

- Tulum. Bir de mavi kadifeden bir tulum giyiyordu.

Önce anlam vermeye çalıştı. Sonra bakışlarımı takip edip kapıya ulaştı. Benimkilerin aksine bakışları boşlukta asılı kalmıştı. Babam tam o sırada annemin su kadar berrak siluetini yırtıp kapıdan geçti. "Neler oluyor?!"

Babamı görünce şaşırdım. Ona haber verebilecekleri kadar uzun süre geçmiş olması beni ürkütmüştü. Bir hışımla içeri girip önümde durdu. Başımın her yanını eliyle kontrol etti. Bir zarar görmediğimden emin olunca karşımdaki koltuğa oturdu. Bana bakıyordu ama Kemal Beyle konuşuyordu.

- Ne oldu şimdi birdenbire? Ne zamandır atak geçirmiyordu.

Kemal Bey'e döndüm. Bir şeyler söyleyecek oldu ama vazgeçti. Çünkü babam aniden ona döndü. "İyileştirmeniz gerekmiyor muydu Kemal Bey?!"

Kemal Bey sessizliğini korudu. Sonra yerine geçip telefona uzandı.

- Nazire Hanım merhaba. Rica etsem odalardan birini Efil için hazırlar mısınız? Tamam, bekliyoruz. Teşekkür ederim.

Telefonu kapattıktan sonra ayağa kalktı. Babamla dışarıda görüşmek istediğini söyleyip çıktı. Babam da ardından gitti. Beni koltukta bırakıp dışarıda ne konuşacaklarını merak ettim. Yavaşça doğrulup ayağa kalktım. Kapı aralıktı. Görünmeden bakmaya çalıştım. Kapının az ötesinde karşılıklı duruyorlardı. Ne konuştuklarını duymaya çalıştım.

- Efil'in olanları hatırlaması için anlatması, kendini biraz da olsa zorlaması gerekiyor. Üzerinde büyük bir baskı var şu an. Biliyorsunuz, anılarını çarpıtıyor. Kimini hatırlamıyor bile. Bakın, bunların çözülmesi gerek.

- Ne zamandır iyiydi. Geldiğimizden beri fena gitmiyordu. Bana soru sormayı da bırakmıştı.

- Evet ama bu iyileştiği anlamına gelmiyor. Sadece henüz tetikleyiciyle karşılaşmadığı için iyiymiş gibi görünüyordu. Bu atakla birlikte bir kez daha emin oldum ki ona gerçekleri anlatmalısınız.

Yavaş yavaş sindirebileceği aralıklarla ona anlatın. Gerçekten iyi olduğunda bunlar artık atak geçirmesine neden olmayacaktır.

- Kemal Bey, Efil gerçekleri hatırlamamayı tercih ediyor. Onu zorlamanın bir anlamı var mı? Bunca yıl onu korumak için tek kelime etmedim. Bilmese daha iyi. Keşke ben de unutabilsem... Gördüklerini nasıl açıklarım ki ona?

- Anlıyorum ama her atak geçirdiğinde yanında biri olmayabilir. Nerede nasıl yakalayacağını kestiremezsiniz. Yüksek bir yerde bulunduğunda veya dikkat gerektiren bir iş yaptığında bu ataklar gelirse hem kendi sağlığını hem de çevresindekilerin sağlığını riske atabilir.

Dizlerimin bağı çözülmüştü. Düşmekten korkup geri geri çıktım. Beni görmelerini istemiyordum. Tutuna tutuna koltuğa kadar ilerledim. Şu ana kadar bildiğim her şey zihnimin oyunu muydu? Ben babamın zihnini okumak isterken kendi zihnimden bir haberdim yani, öyle mi? Peki ya babamın endişeli sesi? Bunca zamandır aklından geçenleri bilmek istedim. Şimdi o benimkini bulandırıyordu. Hiç ummadığım anda kendi gerçekliğimden olmuştum.

- Biliyordu. Buraya beni getirirken başka bir dünyada yaşadığımı biliyordu. Biliyordu ve benimle hiç konuşmadı. Bu uyduruk dünyanın içine sıkışmama izin verdi.

Başım ağrıyordu. Elimi alnıma götürdüm. Bildiğim her şeyi gözden geçirmeye çalışıyordu zihnim. Ne kadarından emin olabilirdim ki? İçinde bulunduğum dünya dahil her şeyin ve herkesin varlığından şüphe etmeye başladım. Ya hepsini ben yaratıyorsam?

Bir anda yerimden doğruldum. Zihnim daha korkunç bir düşünceye ulaşmıştı.

- Peki ya Adal? O da mı gerçek değil?

Hemen ayağa fırladım. Kapıyı açıp hızla çıktım. Babamlar Nazire Hanım'ın yanında duruyordu. Beni görünce Kemal Bey gülümsedi.

- Odan hazır.

- Özür dilerim ama gitmek istiyorum.

Babama döndüm. "Gidebilir miyiz?"

Dönüp birbirlerine baktılar. İkisi de o konuşmayı duyup duymadığımı anlamaya çalışıyordu. Bunu fark edince gülümsemeye çalıştım.

- Adal'a söz vermiştim de...

Adını söylerken zorlandığımı fark ettim. O gerçek olmayabilirdi ve ben şu an durumumu daha kötü göstermiş olabilirdim. Göğsümde bir yanma hissettim. Bir an evvel onu bulmak ve gerçekliğini bir şekilde ispatlamak istiyordum. İspatlayacaktım da nasıl? Herhangi bir şeyin gerçekliğini teyit edebileceğim hiçbir dayanağım yoktu ki.

Bir an ifadesi değişen Kemal Bey yeniden gülümsedi. "Peki o hâlde. Gidebilecek kadar iyi hissediyorsan sorun yok."

- Teşekkür ederim, dedim bir çırpıda. Böylelikle üst katlara dair merakım da kaybolmuştu. Kapıya doğru yöneldim. Binadan kurtulup çakıl yatağında bir süre ilerledim. Babam peşimden geliyordu. Gidene dek konuşmadık. Karavana varır varmaz Adal'ı bulmaya gideceğimi söyleyip kaçtım.

Yayda gergin duran bir ok gibi hissediyordum. Yerimden çıkar çıkmaz artık durdurulamazdım. Adal görüş alanıma girene kadar sahil boyunca koştum. Sonunda gücüm tükenip durduğumda nefesim yetecek miydi bilmiyorum. Çoktan soluk soluğa kalmıştım ama durmak istemiyordum. Eğer durursam kendimi bırakacağımdan, her şeyin uydurma olduğuna ikna olacağımdan korktum. Elindeki deniz kabuğunu çantasına atarken onu gördüğümde tüm korkularım rüzgârda savruldu.

Aniden durdum. Geldiğimi fark edince dönüp gülümsedi. Sadece ikimiz vardık ve ben böyle hissetmeyi ne kadar çok sevdiğimi fark ettim. Zihnimin bir oyunu da olsa ben bu oyunu oynayacaktım. Yavaşça yürümeye başladım. Gözlerimi gözlerinden ayırmadan ağır ağır yanına kadar ilerledim. Ellerine uzanıp belimi kavramasını sağladım. Yüzüme şaşkınlıkla bakıyordu. Ellerini belimde kenetleyince kollarımı boynuna doladım ve tüm gerçekliğini özümseyene kadar sarıldım. Rüzgâr saçlarına vurup geçiyor, sonra burnuma ulaşıyordu. Hiçbir gerçeği şu ana değişemeyeceğimden emindim. Koluma uzanıp ellerimi avuçlarının içine aldı. Bakışlarını gözlerimde yüzdürdü bir süre. Sonra dünyanın en şefkatli, en sıcak sesiyle konuştu. "İyi misin?"

- Şimdi iyiyim, merak etme.

- Neler oldu, deyip beni kumların üzerine çekti. Birlikte üzerimizin kirlenmesine aldırmadan bu kumlarda saatlerce otururduk. Gözümden bir yaş kurtulup ellerimin üzerindeki ellerini ıslattı.

- Efil, dedi endişeyle. Bakışları yoğunlaşmıştı.

Gözümden bir yaş daha aktı.

- Sen gerçek misin?

Gülümsedi. "Mutluluk gözyaşı mı bunlar yoksa?"

- Gerçekten soruyorum.

Yüzündeki ifade değişti. Ellerimi bırakıp omuzlarımdan tuttu. Beni kendine çekip başımı omzuna yasladı. "Sen söyle," dedi. "Sence gerçek miyim?"

Derin bir nefes aldım.

- Bugün bir şeyler duydum ve...

Bir ağlama kelimelerimi boğuyordu. Kendimi toparlamaya çalışırken sabırla bekledi. Beni kendine daha da yaklaştırıp saçlarımdan öptü. Derin bir nefes alıp devam ettim.

- Ve her şeyi sorgulamama neden oldu.

- Ne duydun? Anlat bana.

- Bugün bir atak geçirdim.

- Efil?

Endişelenmişti. Eğilip bakmaya çalıştı. Bakışları ancak dudaklarıma yetişiyordu. Bu, kelimelerim daha havadayken yakalanacakmış gibi hissettiriyor, konuşmamı zorlaştırıyordu. Birden beni daha az sevmesinden endişe ettiğimi fark ettim.

- İyi misin?

- Beni daha az sevmenden korkuyorum.

Hemen toparlandı. Başım havada bir süre asılı kaldı. Sonra beni kendine çevirip gözlerimin içine baktı. Çok kararlı görünüyordu.

- Seni az sevmem mümkün değil Efil.

- Ne olduğunu bilmiyorsun ama.

- Anlat bana o hâlde.

Onu kaybedeceksem daha fazla bağlanmadan olsa iyi olurdu. Bu yüzden anlatmaya karar verdim. En kötü hâlimi görmesi gerekiyordu. Bundan daha fazla endişe duymak istemiyordum. Nedense birden buz gibi olmuştum. Onsuzluğa çoktan razıymışım gibi yaparsam sanki daha az canım acıyacaktı. Vücudum gardını almış, itirafa kalkmıştı.

- Annemi görüyorum ben.

Gözlerine baktım. En ufak bir ifade değişikliğinde hemen fark edebilmek istiyordum. Ancak hiçbir şey yoktu. Öylece bakıyordu. Devam ettim.

- Ne zamandır bilmiyorum ama bazen kapıda durup beni izlediğini görüyorum.

- Çok şanslısın, dedi acı bir gülümsemeyle.

- Anlamadım, dedim.

- Anneni hâlâ görebildiğin için çok şanslısın. Keşke ben de görebilseydim.

Yeniden omzunu omzuma yasladı. Eliyle saçımı okşayıp başımı omzuna yatırdı.

- Anlatsana. Nasıl biri?

Gözlerim şaşkınlıkla kocaman açıldı. Tüm vücudum gevşedi. Ancak o zaman kendimi ne kadar sıkmış olduğumu fark ettim.

- Hatırlamıyorum aslında. Yani hatırlıyorum ama bugün duyduklarıma bakılırsa hangisi gerçek bilmiyorum.

- Senin gerçeğini anlat bana.

Gülümsedim. "Peki."

Boğazımı temizledim.

- Annemi pek hatırlamıyorum. Öldüğünde küçüktüm. Babam o kendini vurduğunda beni oradan öyle çabuk uzaklaştırdı ki sanki o çabukluk bir şeylere takıldı. Peşi sıra silmeye başladı anılarımı. Babamın Kemal Bey'e söylediğine bakılırsa unutmam daha iyiymiş. Gerçek benim gördüğüm gibi değilmiş.

Yanağımın içini ısırmaya başladım. Yine kelimeler boğazımda boğuluyordu. Başımı omzundan alıp dizlerine uzandım. Kızıl saçlarım keten pantolonunun üzerine döküldü. Parmakları saçlarımın arasında gezinirken annemin çevirmeli defterlerinden bahsetmek istedim.

- Biliyor musun? Annem çevirmeli defterler yapardı.

- Çevirmeli defter?

- Minik bir defterin sayfalarının her birine çizimler yapardı. Bunlar ufak farklarla birbirinin aynı şekillerdi. Bittiğinde sayfaları çevirirken bu çizimler hareket ediyormuş gibi görünürdü.

Gülümsediğini hissedebiliyordum.

- Sana göstermek isterdim ama hiçbir yerde bulamıyorum. Annem onları bulabilmem için renkli kağıtlardan bir yol çizerdi. Böylece onu bulmam için biraz çaba sarf etmem gerekirdi. Keşke yine öyle yapsa da bulsam. Ancak bu artık mümkün değil. Sanırım onları bu denli unutulmaz kılan da bu. Öylece avuçlarımın içine bıraksaydı biraz bakar kenara atardım herhâlde. Öleceğini tahmin edemeyeceğim için ne kadar kıymetli olduklarını anlayamazdım muhtemelen.

Yutkundum. Son cümle hâlâ söylerken ağır geliyordu. Önceden küçük bedenim taşıyamıyor sanıyordum. Büyüdükçe sanki bu ağırlığın altında daha çok ezilir oldum. Adal sessizliği bozmaya karar verdi.

- Ne hissettiğini anlıyorum. Kafandaki soruları ben de defalarca sordum kendi kendime. O gitmeden önce annemin beni çok sevdiğini sanırdım. Çocukken bir an olsun yanımdan ayrılmazdı. Bir anda çekti gitti. Bugün bile hâlâ anlam veremiyorum. Beni nasıl bırakıp gitti? Hiç özlemiyor mu? Eksikliğimi hissetmiyor mu?

Çantasını işaret etti. "Bazen şu çantayı unutuyorum bir yerlerde ama sonra eksikliğini hissedip geri dönüyorum. Bir çantayı bile ardımda bırakamazken o çocuğunu bırakıp gitti. Bir kez olsun görmeye gelmedi. Benim için dönmemesi ne demek sence?"

Duraksadım. Sonra başımı çevirip yüzüne baktım. Masmavi gözleri denize karışıyordu.

- Bilmiyorum ama annemin benim yanımda kendini öldürmesiyle aynı anlama geliyor olabilir. Bizi pek hesaba kattıklarını sanmıyorum.

Eğilip yüzüme baktı. "Sence neden? Yani neydi bu tercihlerinin sebebi?"

Başımı dizlerinden kaldırdım. Saçlarımı düzeltip sol omzumdan aşağı bıraktım. Uçlarıyla oynamaya başladım.

- Bilmiyorum Adal. Bunu düşündüm mü, onu bile bilmiyorum.

- Ben düşündüm. Aslında anlamak zor değil.

- O ne demek şimdi?

- Yani aklıma bir sebep geliyor ama hâlâ benden vazgeçmesine bir neden bulamıyorum. Belki de sevilecek bir çocuk değilimdir.

Saçlarımı bırakıp ona baktım.

- Sakın bir daha böyle söyleme. Seni böylesine çok severken böyle düşünmen beni mahveder.

Bana bakıp gülümsedi. "Beni seviyor musun?"

Bir an bembeyaz suratım saçlarımın rengini aldı. Bakışlarımı hemen kumlara çevirdim. Bu cümle özgürlüğünü ilan eder gibi kaçmıştı ağzımdan. Yüzümde kontrolü tamamen ele geçirmiş bir gülümseme vardı. Çeneme uzandı. Başımı çevirip gözlerimin içine baktı. "Beni seviyor musun?"

Gözlerinde gezindi ruhum bir süre. Sonra teslim oldu. "Seviyorum." Bakışlarımı yere indirdim. "Çok seviyorum."

Ruhu ruhuma sarıldı. "Ben de seni çok seviyorum."

Göğsümü boğan heyecan onunkiyle buluşunca yatışmıştı. Bir süre anın büyüsünde uzandık öylece. Sonra buraya neden geldiğimi hatırladım.

- Neleri çarpıttığımı, neyi doğru anımsamadığımı bilmem lazım.

- Bence de, dedi beklemeden.

- İyi de nasıl?

- Oraya gitmeye devam edeceksin. Babanla konuşmayı da deneyebilirsin.

- Defalarca denedim. Tek kelime alamıyorum ağzından. Senin baban gibi değil ki. Bazen varlığını bile unutuyorum.

- Keşke ben de yapabilsem, dedi.

Kaşlarımı çattım. Anlamadım?

- Gidelim mi? Eve geç kalmamam lazım.

Üstelemedim. "Olur, gidelim."

Bir anda ne olduğunu anlamamıştım. Önce o kalktı. Sonra bana elini uzattı. Yerden kalkarken bağcıklarını fark ettim. Güldüm.

- Yine çözülmüşler. Ama hep açık buluyorum bunları.

Parmaklarını saçlarında gezdirdi. Mahcup bir gülümsemeyle konuştu. "Galiba hep gevşek bağlıyorum."

Bağcıkları sıkıca bağlayıp ayağa kalktım. Gülümsedim. "Önemli değil. Ben seve seve bağlarım."

- Teşekkür ederim, deyip yanağıma bir öpücük bıraktı. "Dönüş yolunda seni ne kadar çok sevdiğimi hatırla."

Gözlerim öpücüğüyle birlikte kapandı. Yüreğim kanatlanmıştı. Elim aniden göğsüme gitti. Kaçıp gitmesinden korkmuş gibi aceleyle yapmıştım bunu. Beni ilk kez öpüyordu. Saçlarım dudaklarına aşinaydı ama tenim... Tenim alev alev yanıyordu bu yeni mutlulukla. Giderken arkasından baktım. O gerçekti. Emindim.

Beni daha fazla babasız

bırakma.

ALTINCI BÖLÜM

Babam sandalyeleri karavanın dışına çıkardı. Ben de masa örtüsüyle peşinden gittim. Masanın iki yanına açtığı sandalyeleri denize bakacak şekilde çevirdi. Elimdeki örtüyü alıp masaya serdi. Bakışlarımı ondan alamıyordum. İçimde sorular yığılmıştı. Tabakları getirmek için içeri girdi. Arkasından girip bardaklara uzandım. Kelimeler yükseliyor, dudağımın ucuna kadar geliyordu ama çıkmaya cesaret edemiyorlardı. Tabakları bırakıp salatayı almaya gittiğinde pes edip sandalyelerden birine oturdum. İlişkimiz çok yorucuydu. Böyle devam edemiyordum. Bu sırada salatayı masaya bıraktı. Gitmesini bekliyordum ama hâlâ orada dikiliyordu. Merak edip kafamı kaldırdım. Dosdoğru bana bakıyordu. Şaşırdım. Dudaklarımı büzüp çevreme bakınmaya başladım. Şaşkınlığıma kafa salladı.

- Neyin var senin?

- Nasıl neyim var?

- Dünden beri aşırı sessizsin.

Güldüm. "Benimle konuşman için susmam gerektiğini bilseydim bunu daha önce yapardım."

- O ne demek şimdi?

Kafamı sallayıp alaycı bir gülümseme takındım.

- Baba benimle konuşman için karşında kendimi defalarca küçük düşürdüm. Tek kelime etmedin. Sorularımı yanıtsız bıraktın. Bazen yüzüme bile bakmadın. Şimdi ben vazgeçince birden konuşmaya mı karar verdin?

Islak ellerini omzundaki havluya silip karşımdaki sandalyeye oturdu.

- Kızım bazen söylemesi ağır gelen şeyler tüm kelimelerini tüketir. Konuşmak istemezsin.

- Ama baba yapayalnız bırakıyorsun beni. Hiç mi sevmiyorsun? Mecburen mi katlanıyorsun bana? Belki de annemin ölümünden beni suçluyorsun.

Kelimeler birbiriyle yarışıyordu. Hiçbiri bu fırsatı kaçırmak istemiyordu. Başını salladı.

- Ah Efil! Öyle yanlış gidiyor ki her şey... Tabii ki seni suçlamıyorum. Elimde olsa o anı görmemen, orada olmaman için canımı bile verirdim.

- Canını verme işte. Birinizden oldum zaten. İhtiyacım olan bu değil ki. Neden anlamak istemiyorsunuz? Sen benim için yaşa. Eğer bana iyi gelmek istiyorsan yaşa ve konuş benimle baba. Zaten annesiz büyüdüm. Beni daha fazla babasız bırakma.

Babam karşımda yine sessiz kaldı. Sonra kalkıp içeriye gitti ve bir süre çıkmadı. O an fark ettim. Benim kadar o da bu ölümün yükünü taşıyordu. Benim kadar hâlâ o günü yaşıyordu. Baş etmeye çalışıyordu işte. Evet, belki bunda pek iyi değildi ama deniyordu. Üstelik elinden daha fazlası gelmiyordu, gelmeyecekti. Bu yüzden döndüğünde konuyu değiştirmeye karar verdim.

- Aziz diye birini tanıyor musun?

- Kim, dedi. Hâlâ dalgındı.

- Aziz. Karşı adada yaşıyor. Balıkçıymış.

Tuhaf bir ifade geçti suratından. "Yoo, tanımıyorum."

Cümle ağzına takılmıştı. Sürünerek çıktı.

- Emin misin?

Yüzüme bile bakmadan yanıtladı. Henüz kızarmamış olan balıkları çevirmeye çalışıyordu. "Evet."

Etrafına bakınıp bir şey arandı. Sonra kaçar gibi içeri gitti. Ardından bakakaldım. Sonra kendi kendime güldüm.

- Babam da az tuhaf değil. Azizle iyi anlaşırlar. Hoş ikisi de konuşmaz. Öyle bir yerlere dalar dalar giderler artık.

Masada duran salatadan bir çatal alıp ağzıma attım. İkisini bir arada düşündükçe gülmekten kendimi alamıyordum. Güldüğümü duyan babam rahatlamış olacak ki elinde tuzlukla çıkageldi.

- O ne için, dedim.

Salatayı işaret etti. Ağzımda çevirdiğim domatesi yuttum. Tuzu vardı.

- İyi düşündün, dedim.

Başını sallayıp balıkların başına geçti. Sesimi çıkarmadan oturdum. Dalgın dalgın balıkların başında bekliyordu. Önümde duran bardağa su doldurdum. Bu sırada kızaran balıkları tabağa alıp yenilerini attı. Sonra karşıma oturdu. Çatalını alıp salataya uzandı. Sonra çiğnemeye başladı. Getirdiği gibi kenarda duran tuzluğa baktım. Tamamen unutmuştu. Neyin var, diye sormadım. Zaten söylemeyecekti. Suyu bir dikişte içtim.

Yemekten sonra babam yürüyüşe çıktı. O yokken karavanın tadını çıkarmak için içeri girdim. Yatağıma çıkmak için merdivenlere yöneldim ama ayağım takıldı. Canım öyle acıdı ki durup oturmak zorunda kaldım. Bu sırada neye takıldığımı fark ettim. Döşemenin bir kısmı havada duruyordu. Yerimden doğrulup iyice yakından bakmaya çalıştım. Parçayı kıpırdattığımda burada bir saklama alanı olduğunu gördüm. İçinde kutular vardı. Yere bağdaş kurup oturdum. Kutuyu kucağıma aldım. Kapağını açar açmaz babamın saatlerce buraya kapanıp ne yaptığını daha iyi anladım. Kutu anılarla doluydu.

Geriye hiçbir şey kalmadığını düşünmüştüm ama buradalardı işte. Annemin fotoğrafları, saç tokası, çevirmeli defterler ve ona ait olduğunu dahi hatırlayamadığım tonla şey ellerimin arasındaydı. O kutuyu kenara koyup yanındakine uzandım. Kapağını şöyle bir kaldırınca içinde tonla mektup buldum. Tam birini alacaktım ki ayak sesi duydum. Taşlı yoldan babam geliyordu. Hemen dışarı çıkardığım kutuyu kapatıp yerine koydum. Döşemenin çıkan parçasını da yerine oturtup hızla yatağıma çıktım. Kitabımı kucağıma koyup gözlerimi kapattım. Nedense uyuyakaldığımı görürse daha masum görüneceğimi düşündüm.

Gözümü kapatır kapatmaz kapı ağır ağır açıldı. Bir süre ses çıkmayınca başımı kaldırıp baktım. Babam doğruca yatağına uzanıp uykuya dalmıştı. Beni kontrol etmek için başını kaldırmamıştı bile. Yine de yerimden kalkmadım. Ondan niye böyle çekindiğimi anlayamıyordum. Çekinmesi gereken biri varsa bu oydu. Resmen anneme dair elimde hiçbir şey yoktu. Onu anımsatacak tek bir anı bile! Sanki o sadece ona aitmiş gibi her şeyi köşe bucak saklıyordu. Buna hakkı yoktu. İlk fırsatta o kutudan bir şey alacaktım. Buna daha fazla izin veremezdim.

Öfkeyle uykuya dalan zihnim sabah tertemizdi. Yorgunluktan başka bir şey hissetmiyordum. Babam yerinde yoktu. Hemen yataktan fırlayıp dışarı baktım. Kahvaltı sofrası dahi kurulu değildi. Normalde sabah benden evvel kalkıp kahvaltıyı hazırlar. Bir şeyler yiyip sofrayı bana bırakırdı. Taşlık yola çıkıp caddeye doğru bakındım. Hiçbir yerde yoktu. Bu beklediğim fırsattı. Karavana geri dönüp hemen döşemeyi yerinden oynattım. En azından çevirmeli defterler benim hakkımdı. Parçayı kaldırdım.

- Hayır ya! Bunu yapmış olamazsın.

Resmen boşluğa bakıyordum. Her şey gitmişti. Geriye tek bir toka bile bırakmamıştı. Dişlerimi sıktım. Kendime çok kızıyordum. Dün gece ellerimin arasındayken yapmalıydım bunu. Kaldırmadan evvel küçük bir şey de olsa almalıydım içinden. Demek ki gizli yerini keşfettiğimi anlamıştı. Düşünce düşünceyi kovaladı. Çıldıracak gibi oluyordum. Öfkeden yüzüm cayır cayır yanıyordu. Fırlayıp çıktım. Onu bulup hesap soracaktım. Bana en azından bir çevirmeli defter borçluydu.

Dışarı çıkınca birden durdum. Düşündüm ama nereye gitmem gerektiğini kestiremedim. Benle değilken ne yaptığını, nereye gittiğini bilmiyordum. Onu nerede arayabileceğime dair en ufak bir fikrim bile yoktu. Demek ki onun beni tanıdığı ölçüde tanıyordum onu. Oda arkadaşı gibi aynı karavanda yaşıyorduk sadece, o kadar. Öfkemi nefesimle beraber uğurlayıp sahile yürüdüm. Düşüncelerimi kovuşturmaya ihtiyacım vardı. Adal ile oturduğumuz yere gidip biraz yalnız kalmak iyi gelecekti.

Kumlar bu saatte çok serindi. Terliklerimi elime alıp bir süre gözümü kapattım. Sadece ayaklarımı kumlara gömmek ve denizden gelen esintiyi yüzümde hissetmek istiyordum. Vücudumu ele geçiren bu kötü enerjiden ve bölük pörçük yüzüme vuran anılardan kurtulmalıydım. Kimsenin olmadığından emin olduğum için uzun bir zaman bu şekilde ilerledim. Sonunda gözümü açtığımda o karşımda duruyordu.

- Adal?

- Efil?

- Her şey yolunda mı? Niye bu saatte buradasın?

Önce duraksadı. Cevabı bende arıyor gibi bakıyordu.

- Şey... Yapacak bir şeyim yoktu. Buraya geldim ben de.

Pek inandırıcı gelmiyordu söyledikleri. Yine de bir yorum yapmadım. "Biraz dolaşalım mı?"

- Olur.

Dönüp Şeytan Sofrası'na çıkmaya karar verdik. İlerlerken Adal'ın bağcıkları yine kumları dövüyordu. Güldüm. Dönüp bana baktı.

Ayakkabısını işaret ettim. Çil bahçesi yüzü al al oldu. Onu durdurup eğildim. Bağcıklarını yerden alıp sıkıca bağladım.

- Çıkmadan evvel kontrol etmedin mi? Bir yerden düşeceksin diye ödüm kopuyor.

Bir şey söylemedi. Yürümeye devam etti. Evde ne kadar az vakit geçirdiğini fark ettim. Ya Aziz'in yanına gidiyor ve orada saatlerini geçiriyor ya da sahilde dolaşıp deniz kabuğu topluyordu. Onun gibi babam olsa sürekli onunla kalırdım diye düşündüm. Bize sürekli bir şeyler ısmarlıyor, etrafa gülücükler saçıyordu. Ada gezisine götürmeyi bile teklif etmişti. Babamın aksine çok sosyal biriydi. Çevresindeki insanlar ona bayılırdı. Diğer çocuklar Adal'ın babası gibi babaları olsun diye dua ederdi. Adal ise neredeyse tüm gün dışarıdaydı. Günlerinin çoğunda annesini özlediğini biliyordum. Belki de o evde durmak bu yüzden ona zor geliyordu. Bu yüzden ona bu konuda hiç soru sormadım.

Şeytan Sofrası'nda her zamanki yerimize çıkarken dileklerimizin asılı olduğu ağacın yanından geçtik. Hâlâ düşmemişlerdi. Adal'ın eli elimde yürürken o dileği orada hâlâ asılı görünce şaşırdım. Demek ki bu dilek ağacı pek bir işe yaramamıştı. Her zamanki yerimize varınca ikimizin de enerjisi yükselmişti. Olanlardan bahsedip yeniden modumuzu düşürmek istemiyordum.

- Neler yaptın, diye sordum.

- Yanından ayrılınca doğruca eve gittim.

- Baban çok iyi biri, dedim samimiyetle. "Gerçekten çok şanslısın."

- Yaa öyle, dedi.

- Aziz Amcayı görecek misin bugün?

- Evet, dedi gülümseyerek. Sonra heyecanla bana döndü. "Biliyor musun? Aziz Amca çok becerikli biri. O kadar çok savunma tekniği biliyor ki inanamazsın. Onunla yanında kendimi iyi ve güvende hissediyorum.

Gülümsedim. "Ne güzel."

Başını sallayıp yeniden yüzünü Midilli'ye döndü. "Bana da öğretiyor."

- Hmm... Neden ki?

"Bilmem." Yüzü hâlâ denize dönüktü ama dalgınlığını anlayabiliyordum. Gözlerinin önünde başka bir görüntü var gibiydi. Sonra devam etti. "Belki ihtiyacım olur."

- Umarım olmaz, dedim. "Senin tehlikeli bir durumla karşılaştığını düşünmek bile istemiyorum!"

- Umarım.

Sonra düşüncelerini savuşturmak ister gibi başını iki yana salladı. İfadesini değiştirdi. Gülümseyerek sordu. "Sen neler yaptın?"

- Hiç. Babamla yemek yedik. Bildiğin gibi yani.

Olanları söyleyip söylememek arasında kaldım. Bir yanım peşini bırak diyor, diğer yanımsa Adal onları bulmana yardım eder diye ısrar ediyordu. Çoktan onları atmış olabilirdi. Belki de vazgeçmeliydim. Ancak babam bunca yıl sakladıktan sonra o kutuları atabilir miydi? İyi de nereye saklamıştı o zaman? Zaten karavanda yaşıyorduk. Onca hatırayı koyabileceği bir yeri nereden bulacaktı?

Adal, Aziz'den dinlediği hikâyelerden birini anlatmaya başladı. Yine bir aşk hikâyesiydi. Ne zaman bir hikâye anlatsa bir yerinden aşka bağlanıyordu. Aziz'in önceki yaşamını merak ediyordum. Kesinlikle oralarda bir yerlerde kavuşamadığı biri vardı. Balıkçılık onu yalnızlaştırıyor diye düşünmüştüm ama sanırım yalnızlığı ondan öncesine dayanıyordu.

- Adal, sence Aziz Amcanın unutamadığı biri mi var?

Düşündü. "Bilmem. Bana hiç öyle bir şey anlatmadı."

Güldüm. "İster misin bu anlattığı hikâyelerden biri onunki olsun?"

Bana dönüp gözlerini kocaman açtı. "Öyle mi dersin? Sence hangisi?"

- Bilmem. Hancının oğlu olabilir mi?

- Belki de...

- Ne zamandır burada acaba? Onu tanıyan biri var mıdır? Babama sordum ama hiç duymamış. Siz hep burada yaşamışsınız. Baban belki biliyordur.

- Sanmam. Hakkında söylenenlerin nereden geldiği belli değil. Babam bir şeyler biliyorsa bile bundan fazlasını söyleyebileceğini sanmıyorum.

- Dedikodu nerden çıkar ki? İlk söyleyenin dayanağı ne olur yani?

- Bilmiyorum. Ancak emin ol ki gerçek dedikodudan her zaman başka olur.

Bunu bastıra bastıra söylemişti. Vurguları çekiç etkisi yaratmıştı kafamın içinde. Düşündüm. Annesi gittiği zaman acaba onlar için neler demişlerdi? Acaba annem gittiğinde bizim için neler demişlerdi? Hatırlamaya çalıştım ama kimsenin tek bir yorumunu, sağda solda konuştuğunu hatırlamıyordum. Kafamın içi yapboz gibiydi. O kadar çok parçası eksikti ki bir türlü resmin tamamını göremiyordum.

- Adal kahvaltı yaptın mı, diye sordum düşüncelerimden koparak.

Başını iki yana salladı.

- Ben de yapmadım. Bizim karavanın oraya gidelim mi? Birlikte kahvaltı yaparız. Ben biraz acıktım da.

Son cümleyi kurarken midemin üzerinde gezdirdim elimi. Utangaç bir gülümsemeyle söyleyince sanırım bu onu güldürdü.

- Olur. Gidelim.

Kalkıp elini uzattı. İlk kez bana burada elini uzattığı günü hatırladım. O anın heyecanının, telaşının, korkularının yerini şimdi bambaşka bir mutluluk almıştı. Uzattığı eli tutup ayağa kalktım. Omzumu onunkine yaklaştırdım. Ona olabildiğince yakın olmak istiyordum. Derin bir nefes alıp bıraktı. Heyecanlarımız havada birbirine karıştı. Ah, onu ne çok seviyordum!

Karavana varana kadar okuldaki etkinliklerden, derslerden söz ettik. Farklı sınıflardaydık ve burada yeni olduğum için bu özellikle bana zor geliyordu. Adal ile aynı sınıfta olmayı istemiştim ama babam bana sorma gereği duymadan zaten gidip kaydımı yaptırmıştı. Sonra da mecburen farklı sınıflarda devam ettik. Adal bunun iyi yanından bakmamız gerektiğini söylemişti bir keresinde.

- Birbirimize anlatacak daha çok şey olur, demişti.

Ona kalırsa hayatı farklı şekilde tecrübe ediyor olmamız bizim için şanstı. Birbirimize yakınlığımız sayesinde iki hayatlık tecrübemiz oluyordu. Birimiz diğerinin hayatı üzerinden çok şey öğrenebilirdi. Şimdi bakınca anneleri tarafından terk edilen iki çocuğun hayatının pek farklı olabileceğini sanmıyorum. Hiçbir yere bağlı olmadan boşlukta süzülmek gibi bir şeydi bu. Ne zaman nereye çarpacağın, canının nasıl acıyacağı belli değildi. Belki babalarımız, diye düşündüm. Belki onların farklı oluşu hayatlarımızı değiştirir. Farklı olan budur, kim bilir?

Karavana varınca babamı kahvaltı hazırlarken bulduk. Adal babamı görünce durdu. Elimi bıraktı. Gerilmişti. "Kızmaz mı?"

- Gerilme lütfen. Gel, bir şansımızı deneyelim.

Adal'ı kolundan çekiştirip masaya doğru yaklaştım.

- Baba?

Başını kaldırıp bana baktı. Bana kızgın olduğunu sanıyordum ama bakışları yumuşaktı. Biraz rahatlamış gibiydi. Sonra Adal'ı fark edince kaşlarını çattı. Ondan evvel atıldım.

- Adal da bize katılabilir mi?

Bir şey söylemedi. Sakladığı şeyde en az onun kadar hakkım olduğunun farkında olacak ki saklanmak ister gibi karavana girdi. Eğer itiraz ederse kutuları soracağımı anlamış olmalıydı. Orada aramızda olan şey bir tür telepatik anlaşmaydı. Herkese yaptığı gibi Adal'ı terslemezse ben de ona kutuları sormayacaktım.

Babam içeri gidince oturması için Adal'a sandalyelerden birini işaret ettim. Ben de içeri girip bir sandalye daha çıkardım. İlk kez bu üçüncü sandalyeyi çıkarıyorduk. Güldüm. Yalnızlığımız acınasıydı. Sandalyeyi bıraktıktan sonra babam bir servis daha açtı. Bu anlaşmamıza uyduğunun kanıtıydı. Tamam, dedim içimden. Sonsuza dek sana o kutuları sormayacağım.

Kahvaltı sırasında masa çok sessizdi. Sessizliği kovalamak için bir şeyler söyleme ihtiyacı hissettim.

- Adal'a Bergama'yı anlatıyorum. Daha önce hiç Balıkesir dışına çıkmamış.

Gözlerimi babama dikmiştim. Özel güçlerim varmış gibi ona bir şeyler söyletmeye çalışıyordum. Sesini çıkarmadan yemeye devam etti.

- Gölün diğer yanında evleri var.

Aniden başını kaldırdı. "Hangi ev?"

- Vay canına! Gerçekten süper güçlerim var. Sonunda ilgisini çekebildik.

- Hangi ev, dedi hışımla.

- İki katlı beyaz ev. Hemen ilk sıradaki.

Kekeler gibi çıkmıştı kelimeler ağzımdan. Gürlemesi aslan kaçırırdı. Adal'a dönüp sert bir bakış attı. Sonra elindeki çatal bıçağı masaya atıp hışımla kalktı. O kalkınca sandalyesi arkaya devrildi. Şaşkınlıkla izliyordum tavrını. Sandalyeyi öylece bırakıp taşlı yola yürüdü. Bastığı yerden sanki alevler çıkıyordu. Ardından dumanlar yükseliyordu. Özür dilemek için Adal'a döndüm ama korkudan geri çekilmişti. Bakışlarını yere kilitlemişti. Elleriyle kulaklarını kapatmış, sallanıp duruyordu.

- Adal? İyi misin? Korkutma beni.

Cevap vermedi.

- Adal! Sana değildi tavrı. Bir olay yaşadık biz. Ondan muhtemelen. Seninle konuşsun diye zorladım ya ondan bana kızmıştır. Sen endişelenme. Babam kimseye zarar vermez. Sineği bile incitmez o.

Hala sallanıyordu. Kalkıp yanına gittim. Ellerinden tutup kucağına indirdim. Sonra sıkıca sarıldım.

- Ben burdayım. Korkma.

Bu kez ben onu saçlarından öptüm. Kendine gelene kadar onu bırakmadım.

- Adal konuş benimle. Lütfen!

Bir süre bu şekilde kaldıktan sonra yavaş yavaş kollarımın arasında gevşediğini fark ettim. Onu bu hâle getirdiği için babama çok kızgındım. Çevresindekiler ona bulaşmasın diye oynadığı bu kızgınlık oyunu artık fazla oluyordu. Bu sırada Adal bakışlarını yumuşattı. Ellerini kollarıma uzatıp gevşetti. Sonra ayağa kalktı.

- Çok özür dilerim, dedim. Böyle olacağını tahmin edemedim.

Çenesi hâlâ titriyordu. "Be-ben özür dilerim. Şey... Şimdi kendime gelirim, merak etme."

Masaya uzanıp bir bardağa su doldurdu. Bir dikişte içti. Titreyen çenesinden sular damlıyordu. Eliyle silip titreyen dizlerine baktı.

- Gitsem artık ben. Darılmazsın değil mi?

Öyle iyi anlıyordum ki onu asla darılmazdım. Kaçabilsem ben de kaçardım bu ortamdan.

- Hayır, dedim. Sorun yok.

Şakağıma bir öpücük emanet edip gitti. Yürürken yalpalıyordu. Ayakkabılarına çevirdim bakışlarımı. "İyi, hâlâ çözülmemişler."

Yaşanırken beni sonsuz
mutluluğa eriştiren
her şey acı vermeye
başlamıştı.

YEDİNCİ BÖLÜM

Ertesi sabah ilk işim sahile gidip Adal'a bakmak oldu ama her zamanki yerimizde yoktu. Saatlerce oturup deniz kabuklarıyla bakıştım. O yokken en az benim kadar yalnız görünüyorlardı. Düzinelerceydiler ama yalnızdılar. Öyle hüzünlü görünüyordu ki sahil yüreğim sıkışmaya başladı. Derin bir yalnızlık doldu içime. Ürperdim. Onun masmavi gözlerine baktığım bu yerde bakışlarım boşlukta asılı kalıyordu. Sanki intihar eder gibi vazgeçmişti anlamından. Ancak o gelince yeniden anlam bulacak ve sıcacık olacaktı.

Öğle vakti geldiğinde güneş yakmaya başladı. Buluşma vaktini çoktan geçirmişti. Artık gelmeyeceğini anlayınca kalkıp Şeytan Sofrası'na yürüdüm. Genelde burada buluşur, sonra oraya giderdik. Bensiz oraya gitmiş olacağına ihtimal vermiyordum ama yine de şansımı denemek istiyordum. Onu bulduğum an bir daha babamı görmek zorunda olmayacağını söyleyecektim. Bir daha onun için endişelenmesine gerek yoktu. Hayatımda kalması için elimden ne gelirse yapardım. Bir kez onunla nefes almayı öğrendikten sonra onsuz kalamazdım.

Tepeyi tırmanırken yine o ağacın yanından geçtim. Buradan yalnız geçmek çok canımı acıttı. Dudaklarımı ısırıp gözyaşlarıma hâkim olmaya çalıştım. Başımı öne eğip yürümeye devam ettim. Her adımımda onun sesi kulaklarıma ulaşıyordu. Anlattığı hikâyeler, söylediği tatlı sözler bıçak gibi kesiyordu. Yaşanırken beni sonsuz mutluluğa eriştiren her şey acı vermeye başlamıştı. Başka bir anının daha beni parçalamasına izin veremezdim. Bu yüzden hiçbir yere bakmadan dümdüz yürüdüm. Anılar bazen insandan kaçıyordu bazen de şimdi olduğu gibi insanın üstüne çullanıyordu. Kulaklarımı tıkayıp tüm bu acıları sonraya erteledim. Yokluğunu kabul etmeye hazır değildim. Doğruca her zaman oturduğumuz taşın oraya gittim. Ancak boştu. Hayal kırıklığı taştı yüreğimden. Manzaraya baktım. Midilli bile şu an çok öksüz görünüyordu. Daha fazla dayanamayıp geldiğim yolu geri döndüm. Birlikte geçtiğimiz bu yolları onsuz kat etmek beni yıkmıştı. Onu bulup sımsıkı sarılacak ve bir daha yanından ayrılmayacaktım.

Okulda onu görürüm ümidiyle karavana döndüm. Babam hâlâ yoktu. Yatağıma tırmanıp bana verdiği deniz kabuğunu kulağıma dayadım. Hancının oğlu ile çiftçinin kızı kavuşana dek dinledim. Her seferinde kavuşuyorlardı. Bunu bilerek dinlemek Adal ile ilişkime dair bana umut veriyordu. Önünde sonunda her şey yoluna girecekti. Bundan emindim. Deniz kabuğunu kulağıma dayayıp hikâyeyi yeniden başa sardım. Adal'ın sesi kulağımda uyuyakaldım.

Gecenin bir yarısı uyanıp Adal'ın da beni arayıp bulamamış olacağı geldi aklıma. Nedense bunu hiç düşünmemiştim. Bu rahatlatıcı düşünce beni daha huzurlu bir uykuya uğurladı. Uyandığımda yataktan atladığım gibi dışarı koştum. Gelirse diye onu burada bekleyecektim. Onu görür görmez koşup sarılacak, özlememin alevini kollarında söndürecektim. Dışarıdaki masanın yanına bir sandalye açıp sahili izlemeye koyuldum. En ufak bir kıpırtıda o gelmiş gibi heyecanlanıyordum. Saatler geçtiği hâlde ondan tek bir haber yoktu.

Gözümü açtığımda beklerken uyuyakaldığımı anladım. Yanımda birinin durduğunu fark ettim. Heyecanla başımı kaldırıp baktım. Ancak umutlarım bir balon gibi söndü. Bu babamdı. Üzerime bir şey ötmeye çalışıyordu. Örtüyü atıp ayağa kalktım.

- Adal geldi mi?

- Hayır, dedi ve gitti.

Arkasından öfkeyle baktım. Artık onun yaptıklarına anlam veremiyordum. Zaten bu beni yoruyordu. Hayatım her anlamda alt üst oluyordu ve o işte bu kadar vurdumduymazdı. Giyinip oradan ayrıldım. Daha fazla bekleyemeyecektim. Var gücümle koşup Aziz'in her zaman yanaştığı sahile gittim. Daha gelmemişti. Kayalardan birine oturup denizi izledim. Gözlerim Adal'ın gözleriyle buluştuğundan beri deniz hiç çekici gelmiyordu. O kadar uzun süre odaklandım ki denize gözlerim acımaya başladı. Aziz bir ömür kadar uzun zaman ufukta görünmedi. Zaman geçtikçe Adal'ın da beni arayıp bulamadığını düşünmeden edemiyordum. Belki de farklı yerlerde birbirimizi arıyor ve bu yüzden karşılaşamıyorduk. Kalkıp gitmeye karar vermiştim ki denizi yara yara ilerleyen tekneyi gördüm. Bu Aziz'di. El sallayıp bağırmaya başladım.

- Azizzz Amca! Aziizzz Amca! Burdayım!

Beni fark edip hızını artırdı. Sonunda yanaştığında yüzündeki şaşkınlığı okuyabiliyordum. Telaşla atladı teknesinden.

- Efil? Neler oluyor?

- Adal buraya geldi mi?

Kaşlarını çatıp baktı. "Hayır, gelmedi."

- Hiçbir yerde yok. Burada bulacağımdan neredeyse emindim. Kafasını dağıtmak için buraya gelirdi mutlaka. Seni... Yani sana çok düşkündü. Bir şey oldu kesin.

Beni alıp bir kayanın üzerine oturttu.

- Dur, sakin ol bakalım. Anlat bana.

- Babam onu korkuttu. O zamandan beri onu görmedim.

Gözlerim dolmuştu. Yüzündeki ifade ciddileşti. "Nasıl yani?"

- Babam bağırıp hışımla kalktı. O da şoka girdi. Öyle bir kitlendi ki korktum. Sonra kendine geldiğinde gitmek istedi. O zamandan beri onu görmedim.

Aziz karşımdaki kayaya çöktü. "Bu hiç iyi değil. Çok kötü olmuş. Adal'ın bu kadar çok etkileneceğini biliyordum."

Şaşkınlıkla hüzün iç içe geçmişti. "Bana dönmeyecek mi yani?"

Yüzüme baktı. Bu acımaydı sanki. Yine de teselli vermeye çalıştı.

- Bilmediğin şeyler var. Ona biraz zaman tanı. Dönecektir. Seni gerçekten seviyor.

Adal hakkında benim bilmediğim ama onun bildiği şey ne olabilirdi ki? Omuzlarım düştü. Tek kelime etmeden ayağa kalktım. Artık onu aramamın bir anlamı yoktu. Kalkıp yürümeye başladım.

Koşarak bir umutla geldiğim bu yol şimdi bitmek bilmiyordu. Bir an evvel karavana ulaşmak istiyordum.

Tek bir umudum vardı artık. Beni görmek istemese bile onu görebileceğime dair bir umut. Okulda mutlaka karşılaşacaktık. En azından iyi olduğunu bilecektim. Hem onu tesadüfen de olsa görürsem belki yüreğimi kemiren şu hasretten kurtulurdum. Bir zaman sonra sesinin silinmeye başlayacağı o deniz kabuğundan başka bir şeyim yoktu. Ne babama aldırıyordum ne de yapmam gerekenlere. Adal'ı yeniden görene kadar yüreğim huzur bulmayacaktı.

Ertesi sabaha dek içim içimi yedi. Adal'ın hayatında bilmediğim ne vardı? Her kelimesini kafamda döndürüp durdum. Hiçbir şekilde ne olduğunu çıkaramıyordum. Dalgın hâllerini annesini özlemesine yormakla hata mı etmiştim? Bunca zaman onu sevdiğimi söyleyip yanında oturuyordum ama benimle paylaşabileceği kadar ona yaklaşamamıştım. Okula gittiğimde en azından bunu sormak için ona yaklaşmaya karar verdim. Her zamankinden erken çıkıp koşarak okula gittim. Bahçeden girer girmez gözlerim onu aradı. Ancak görünürlerde yoktu. Sınıfından birkaç arkadaşına sordum ama kimse onu görmemişti. Her teneffüs gelmiştir diye sınıfına koştum ama yoktu. Artık ümidimi kesmiştim. Gelmeyecekti. Onu göremeyince bunun ciddiyetini daha iyi anladım. Bu kadar açık bir mesajı anlamamak için aptal olmak lazımdı. Bu yüzden ondan uzak durmaya karar verdim. O bana gelene dek bekleyecektim.

Bekleyişlerim hiç sonuç vermedi. Çünkü okula bile gelmiyordu. Onu görmeyeli tam bir hafta oldu. Babam yüzünden hayatımın en güzel kısmına el sallamıştım işte. Ağaca bağladığım dileğin neden düşmediğini şimdi daha iyi anlıyordum. Adal benden vazgeçmişti. Daha fazla bu karmaşanın içinde olmak ve babama katlanmak zorunda değildi zaten. Ona kızmıyordum. Aslında ilk zamanlar gelir diye umdum. Bu yüzden kendimi bırakmadım. Her gün buluşma yerimize gittim. Şeytan Sofrası'na bile çıktım. Ancak hiçbir yerde ona rastlamadım. Evlerine gitmeye henüz cesaret edememiştim. Çünkü o son kapıydı. Beni artık istemediğini duymak için sanırım zamana ihtiyacım vardı.

Sahil boyunca yürüyüp gölün ardına geçtim. Buraya gelmemi pek istemezdi nedense. Başka başka planlar sunar, evde oturmak yerine bunları yapabileceğimizi söylerdi. Her seferinde ısrarıma dayanamayıp pes ederdi. Şimdi düşününce çekindiği bir şey olduğunu fark ediyordum. Ne zaman buraya gelsek tuhaf bir tedirginliği oluyordu. Annesinin yokluğuyla başa çıkmaya çalıştığını zannediyordum ama belli ki yanılmıştım. Aziz bir şeyler biliyordu ve bu şey Adal ile benim arama giriyordu. Koca bir duvar gibi aramızda yükseliyordu. Belki de bu şey benden kopmasına neden olmuştu.

Evlerine uzanan patikayı takip edip bembeyaz binanın önünde durdum. Gururum ona olan sevgim ve özlemim altında perişan olmuştu. Beni istemese de bunu duymak zorundaydım. Beklemek bana göre değildi. Artık emindim. Zaten kendimi her ihtimale hazırlamıştım. Beni kucaklamasına da beni itmesine de ses çıkarmayacaktım. Derin bir nefes aldım. Kapıyı birkaç kez çaldım. Bir süre bekledim ama kimse yoktu. Evin etrafından dolaşıp açık bir pencere aradım. Ancak hepsi sıkı sıkı kapalıydı. Bu yüzden bahçe kapısını denemeye karar verdim.

Evin diğer yanında bahçe kapısı kapalıydı ama perdeleri açıktı. Oradan bakıp evde kimse olup olmadığını anlayamaya çalıştım. Bir süre bekledim ama hiç hareket yoktu. Evdelerse de açmayacaklardı. Sonunda pes edip geri çekildim. Bu sırada ayağıma bir şey takıldı. Dengemi kaybedip bir süre sendeledim. Sonunda sırt üstü düştüm. Acıyla yerimde doğrulup oturdum. Ayaklarımın dibinde minik bir defter bana bakıyordu. Ne olduğunu anlamak için elime aldım. Sayfalarını çevirmeye başladım. Gülümsedim. Bu bir çevirmeli defterdi. Birkaç defa çevirip bir çocuğun bir kıza deniz kabuğu uzatışını seyrettim.

- Bu biz miyiz? Yoksa...

Arka kapağın iç kısmında bir şey yazdığını fark ettim. Hava kararmaya başlamıştı. İyice yaklaştırıp ne yazdığını görmeye çalıştım.

Efil, bunu çizerken defteri sana verdiğimde yüzünde oluşacak o muhteşem gülüşünü seyretmeyi defalarca hayal ettim. Ancak buna fırsat olmadı. Babam birkaç gündür kayıp. Onu ararken sana gelemedim. Dedem beni götürmeye geldi. Nedense artık burada kalmamızın bir anlamı olmadığını söylüyor. Sana veda etmeme bile izin vermediler. Ancak bil ki nerede olursam olayım seni hep çok seveceğim. Hoşça kal.

Yüreğim birden bin parçaya bölündü. Gökyüzü üzerime düşmüş gibi kıpırdayamıyordum. Boğazımı sıkan çığlığı havaya salmak için çok uğraştım ama başaramadım. Her iki ihtimale de hazırdım ama bu... Buna hiç hazır değildim. Böyle gitmesini kabullenemiyordum. Çevirmeli deftere baktım uzun uzun. Ya bunu bulamasaydım? O zaman ne olacaktı? Benim ne hâlde olacağımı hiç mi düşünmedi? Babam kayıp ne demekti?

Tüm bunlar karşısında artık ne hissedeceğimi bilemiyordum. Gökyüzü sözleşmiş gibi bulutlarını üzerime saldı. Büyük bir gürültüyle yağmur döküldü başımdan aşağıya. Omuzlarım ağırlaşıp düştü. Gözyaşlarım yağmura karışmış, artık onun bir parçası olmuştu. Denemekten, yaşamaktan, bir şeyler ummaktan pes ettim. Artık bu korkunç yağmurun ortasında hem çamura hem de acıya bulanmıştım.

Yerimden doğruldum. Yepyeni bir çift göz kazanmış gibi dünyaya başka bir yerden baktığımı fark ettim. Bu yaşadığım son an beni başka biri yapmıştı. Hissedebiliyordum. Anneme, onca arkadaşa ve sonunda ilk aşkıma veda etmiştim. Babamın zaten varlığından şüpheliydim. Ayaklarımın üzerine kalktım. Arkamı döndüm. Artık gitmem gerekiyordu. Defter elimde ayaklarımı sürüye sürüye karavana yürüdüm. Babam içeride gazetesini okuyordu. Beni görünce elindeki gazeteyi attı. Telaşla ayağa kalktı. Üzerimden dökülen sular döşemeyi ıslatıyordu.

- Baba? Beni Kemal Bey'e götürür müsün?

Başını salladı. Korkunç bir ifade vardı yüzünde ama artık hiçbir şeyi umursamıyordum. Telefonunu alıp Kemal Bey'i aradı. Bu sırada sırt çantamın içine birkaç eşyamla beraber bir de kitap koydum. Yastığımın altından deniz kabuğunu alıp kulağıma dayadım. Hancının oğlu ile çiftçinin kızı ayrılana kadar dinledim. Sonra onu çantaya bıraktım. Adal'ın bıraktığı defter yatağı ıslatmıştı. Uzun uzun baktım bu görüntüye. Uzanıp bir kez çevirdim. Bir kez de tersten çevirdim. Oğlan kızdan deniz kabuğunu geri alıyordu. Sonra onu da attım içine. Annemin defterlerini kaybetmiştim.

Bu seferkini çok iyi saklayacaktım. Telefonu elinden bırakan babam yanıma geldi. Tedirgindi.

- Kemal Bey bizi bekliyor.

- İyi.

Çantama baktı sonra.

- Bu ne için?

Cevap vermedim. Kapıdan çıktım. Peşimden geldi. Yol boyunca bana sorular sorup durdu. Hiçbirine cevap vermek gelmedi içimden. Sustum. Kemal Bey bizi binanın önünde karşıladı bu kez. Ona doğru kararlı bir şekilde ilerledim. Nazire Hanım elimden çantamı almaya çalıştı ama vermedim. Gerçekten nasıl olduğumu umursamayan birinden bir şey istemiyordum artık. Kapıdan girip doğruca merdivenlere yöneldim. Sonra son basamakta durup arkamı döndüm.

- Hangi oda?

Kemal Bey merdivenleri çıkıp yanıma geldi. "Ben sana eşlik edeyim."

Sesimi çıkarmadım. Son kata kadar çıktık. Teraslı büyük bir odanın kapısını açtı Kemal Bey.

- Geç lütfen.

İçeri geçtim. Kocaman oda daha önce görmediğim şekilde kaliteli eşyalarla doluydu. Bunlara sahip olmanın yaşadığım şeyden sonra hiçbir önemi yoktu. Elimdeki çantayı en yakındaki koltuğa atıp önünden çevirmeli defteri aldım. Terasa doğru yürüyordum ki aniden durdum. Döndüm. Kemal Bey bana bakıyordu. Donuk bakışlarım onunkilerle buluşunca bile ısınmamıştı. Çantaya eğilip deniz kabuğunu elime aldım. Tekrar terasa yöneldim.

Kocaman bahçeyi gören sallanan bir sandalye vardı. Bu sandalyeye oturdum. Deniz kabuğunu kulağıma dayayıp defteri kucağıma bıraktım. Ardımda kapı kapandı. Dönüp bakmadım. Hayatımda ilk kez söylemek veya sormak istediğim bir şey yoktu. Çakıl yatağına baktım. Babam bu çakıl yatağı boyunca ilerleyip taksiye bindi. Arkasına dönüp bakmamıştı. Güldüm. Burada çok uzun süre kalacağımı anlamıştım.

Asıl yolculuk geri dönerken başlar.

SEKİZİNCİ BÖLÜM

Beril Hanım ağır hastalarımızdan biriydi. Eşi şehir dışında görevdeyken evlerine hırsız girmişti. Mahalledeki üçüncü evdi. Polis peşinde olmasına rağmen aynı mahallede evlere girmeye devam ediyordu. Pencerelere tırmanıyor ve camı kesip içeri bayıltıcı gaz veriyordu. Sonra usulca eve giriyor ve ne var ne yoksa alıp götürüyordu. Ancak bu kez bununla kalmamıştı. Çocuklarının içerde olması bile Beril Hanım'a yapacaklarına engel olmaya yetmemişti. Gazın etkisinden faydalanıp kadını çırılçıplak soyup bileklerinden karyolaya bağlamıştı. Ancak gazın etkisi geçince Beril Hanım adamla göz göze gelmiş ama elinden kurtulamamıştı. Çığlık atmaya çalıştıkça vurmuş, bayıltana kadar döve döve tecavüz etmişti. Saatler sonra onu o hâlde bulan çocukları aramıştı polisi. Daha sonra soruşturma yapan memurlara ifade veren komşular çığlıklar duyduklarını söylemişti. Eşi olanları öğrendiğinde kadını terk ettiği için çocuklarını yalnız başına büyütmesi gerekmiş. Bu yüzden travmayı baskılamak zorunda kalmış.

Son çocuğu da evden ayrıldıktan sonra bir volkan patlaması gibi tüm sıkıntısını kusmaya başlamış.

Gördüğü son kâbus onu fazlasıyla etkilemiş olmalı. Aramalarıma geri dönmediği için onu tekrar aradım. Bu kez yanıtladı. Sesi titriyordu konuşurken. Kabuslarının arttığını ve gerçekle hayal arasındaki farkı ayırt edemediğini söyledi. Çocuklarıyla da görüşmeyi bırakmış. Onu bu hâlde görmelerini istemediği için evinde saklanıyor. Buraya gelmesini ve bizimle kalmasını teklif ettim ama tek başına evden çıkmaya hâlâ korkuyor. Fazıl Bey'den ona odalarımızdan birini hazırlamasını rica ettim. Gidip onu ben alacağım.

Yola çıkmadan evvel odasına bakmaya çıktım. Son kattaki terasa açılan odayı hazırlamıştı. İçeri girdim. Doğruca terasa çıkıp sallanan sandalyeye uzun uzun baktım. Hâlâ kendimi orada otururken görebiliyordum. Adal'a veda ettikten sonra buradan hiç ayrılamamıştım. Babam beni almaya gelmemişti çünkü. Kemal Hoca ilgilendi benimle. Sonra liseyi yatılı olarak bitirip Kemal Hoca'nın izinden yürümüştüm. Onun zaman zaman eğitim verdiği okula gitmiştim. Bu sayede yeniden iletişim kurmuştuk. Şimdi burada durmuş geçmişime bakarken hayatıma Kemal Hoca'nın babamdan daha çok katkısı olduğunu görebiliyorum. Burada onunla çalışmamı teklif ettiğinde bir an bile düşünmedim. Hemen kabul ettim. Çünkü bunu hem ona hem de yıllar evvel şu sandalyede oturan genç kıza borçluydum. Burası bana iyi gelmişti. Sıra başkalarındaydı.

Odanın eksiksiz olduğundan emin olunca çıktım. Arabama atlayıp Beril Hanım'ın adresini navigasyona yazdım. Yol boyunca sonunda ona ulaşabilmiş olmanın huzuru vardı içimde. Arabayı park edip açık apartman kapısından içeri girdim. Büyük bir gürültü kulaklarımı acıttı. Merdiven boşluğundan bakınca bunun üçüncü kattan geldiğini anladım. Bu Beril Hanım'ın evinin olduğu kattı. Hemen asansöre binip yukarı çıktım. Beril Hanım'ın kapısında üç kişi vardı.

- Neler oluyor?

Arkasını dönen kadın göz yaşları içinde konuştu. "Annem, kapıyı açmıyor."

Telaşlanmıştım. "Anahtar yok mu?"

- Kardeşim arıyor.

İşaret ettiği yere bakınca ondan yaşça küçük duran bir kadın çantasını kurcalıyordu. Panikten eli ayağına dolaşmıştı. Sürekli aynı şeyleri çıkarıp geri bırakıyordu. Böyle bulması sonsuza dek sürebilirdi. Elinden çantayı kaptığım gibi yere devirdim. Büyük bir şangırtıyla anahtarlık mermer zeminle buluştu. Hemen alıp kapıya yöneldim. Açar açmaz hepimiz içeri daldık. Odalara dağılıp aramaya başladık ama onu salon penceresinin önünde bulan ben oldum. Gürültüyü duyunca arkasına döndü. Elinde bir silah vardı. Görünce yer altımdan kayar gibi oldu.

- Beril Hanım yapmayın!

Gözleri çok boş bakıyordu. Sürekli aynı cümleyi tekrar ediyordu. "Artık seni görmek istemiyorum."

Birden beynimden vurulmuşa döndüm. "Bu bakış... Bu cümle..."

- Artık seni görmek istemiyorum.

Birden yedi yaşıma geri döndüm. Annemin renkli kağıtlardan yaptığı yolu takip ediyordum. Mutfağı geçip salona ulaştım. Elimde açık mavi bir kâğıt tutuyordum şimdi. Bu çok yaklaştım demekti. Çevirmeli defter burada bir yerdeydi. Bahçe kapısında annemi gördüm. Ayakta durmuş bana bakıyordu. Gülümsüyordu.

- Anne bak, buldum.

Gülüşü birden silindi. Bakışlarını kaybettim. Annemin sesini duydum. "Artık seni görmek istemiyorum."

Kulaklarımı acıtan bir patlama sesi duyuldu. Kafamdakini fırlatıp attım. Bu, annemin pazardan meyve taşıdığı kese kağıtlarındandı. Kulaklarımdaki çınlama duymama engel oluyordu. Gücüm yettiğince bağırdım. "Anne?"

Bir anda kafamı sallayıp kendime gelmeye çalıştım. Ona yardım etmek için bu anıdan kurtulmaya ihtiyacım vardı. Annemi kurtaramamıştım ama Beril Hanım'ı kurtarabilirdim.

- Beril Hanım? Beril! Beril, bana bak. Beni duyabiliyor musun?

Çocukları çığlıklarla annelerine koşmaya çalıştı.

- Lütfen. Geri çekilin.

En büyükleri kendini sıkıp kardeşlerini geri çekti.

- Elimden geleni yapacağım ama bana yardımcı olmanıza ihtiyacım var. Sabredin, olur mu?

Sonra dönüp Beril Hanım'a doğru ilerledim.

- Beril artık güvendesin. Biz buradayız. O artık yok.

- Artık yok, diye sayıkladı.

- Buradan gitmek ister misin?

Başını salladı.

- Onun olmayacağı bir yer olacak. Söz veriyorum.

- Beni izliyor. O her yerde.

- Tamam canım. Korkma. Seni güvende olacağın bir yere götüreceğim.

İkna olmuşa benzemiyordu. "Beril lütfen duy beni. "

Elindeki silahı başına doğru götürdü. "Artık seni görmek istemiyorum."

Beni gerçekten görmüyordu. Daha da yaklaştım. Burada olduğumuzun farkında bile değildi. Birkaç adım kala parmağını tetiğe dayadı.

"ANNEEEEE!"

Çocuklarının çığlıkları konsantre olmama engel oluyordu. Sesleri beni o ana götürmeye çalışıyordu. Tek bir şansım vardı. Onu kurtarmak zorundaydım. Bu kez kaybedemezdim. Dönüp çocuklarına bir kez baktım. Yaşın kaç olursa olsun şu sahneye aynı ifadeyle bakıyordun. Aniden dönüp Beril Hanım'ın üzerine atladım. Elinden almaya çalışınca silah bir el patladı. Var gücümle onu koltuğa itip silahı düşürmesini sağladım. Çocukları koşup etrafına doluştu. Geri geri yürüyerek çemberden çıktım ve yere çöktüm. Sırtımı duvara yaslayıp derin bir nefes aldım. Bu sırada gözüm tavandaki deliğe ilişti. Bu kez ucundan hiç kan akmıyordu.

***

Beril Hanım'ı alıp yola çıktık. Yol boyunca kimse konuşmadı. Teraslı odaya yerleştikten sonra da çocuklarına iyi olduğunu söyledi.

Gözlerine bakınca iyi olmadığını anlayabiliyordum. Kendine musallat olmuş bir ruhu kovmaya çalışıyordu. Yine de bir şey söylemedim. Çocuklarıyla beraber odadan çıktım.

- Endişelenmeyin. Burada güvende.

- Söylemesi kolay Efil Hanım. Aylardır bizden kaçıyor ve bir anda bu hâlde buluyoruz. Yetişemeseydik ne olacağının farkında mısınız?

Yutkundum. Tahmin edebileceklerinden daha çok farkındaydım hem de. Yaşımla biriken anılarımdan sürekli tek bir sahne oynuyordu zaten. Her seferinde annem tekrar tekrar intiharı başarıyordu. Ölümünü bir uyku sanacak kadar hazırlıksızdım. Silah sesini tanımıyordum. Ne çok şey öğretmişti annemin ölümü. Silahları, ölümü, annesizliği, yalnızlığını... Belki bir şeylerin farkında olsaydım onu da kurtarabilirdim. Şimdi ilk kez bu tekrarlanan sahnenin sonunu değiştirme fırsatım olmuştu. Ancak bunu tabii ki onlara söylemeyecektim.

- Haklısınız. İstediğiniz zaman gelip onunla görüşebilirsiniz. Benimle konuşmak isterseniz lütfen arayın.

Tek bir kelime dahi etmediler. Başlarını sallayıp merdivenlerin yolunu tuttular. Kendimi görüyordum sanki. Yedi yaşındaki bir çocukla yirmilerinde bir çocuk annesinin intiharını aynı duygularla göğüslemeye çalışıyordu. Teşebbüsün de başarılı bir intihar kadar acıttığını görebiliyordum. Bu acıyı önlemenin tek yolu hiç yaşanmamasını sağlamaktı. Annemi kurtarabilseydim de o görüntüyü hiçbir zaman zihnimden silemeyeceğimi fark ettim. En azından defalarca yaşanmasına tanıklık etmeyecek ve bu korkuyla büyümeyecektim. Annem ölümün sınırına bir kez ulaşmıştı ve başarmıştı. Beril Hanım'ın çocukları gibi defalarca korkmama gerek yoktu. Odanın kapısına baktım. Annem yoktu. Sanırım onu da kendimi de affederek ruhunu artık özgür bırakmıştım.

Derin bir nefes alıp koridoru yürümeye başladım. Adımlarım daha hızlıydı. Daha az yüküm var gibi hissediyordum. Silinen anılarımın geri gelmeyeceğini artık kabullenmiştim. Zaten hatırladıklarımın yükünü zar zor taşırken bu hatırlama ısrarım nedendi bilemiyorum. Adal'ı ve babamı ardımda bırakalı onca zaman olmuştu. Hepsi birer anıdan ibaretti ve ne zaman istersem zaten ziyaret edebiliyordum. Dönüp odaya tekrar baktım.

O gün sallanan sandalyeye oturup babamın gidişini izlerken dönmeyeceğini anlamıştım. Ben de ondan vazgeçmiştim zaten. Şimdi de annemden vazgeçme vaktiydi. Beklentilerim yüzünden sürüncemede bıraktığım her şey en çok ve belki de sadece beni etkiliyordu. İşte bu yüzden en sonunda kendime döndüm. Ben insanları yaptıkları için değil yine yapacakları için hayatımdan çıkardım. Yokluklarına üzülmek yapacaklarına üzülmekten daha kolay olacaktı çünkü. Ancak Adal söz konusu olunca bunu hâlâ yapamıyordum. Onun gidişi çok daha tazeydi ve babamın gidişinden daha çok yaralamıştı beni. Çünkü babamdan zaten ümidi kesmiştim. O varken bile kendimi yalnız hissediyordum. Ancak Adal başkaydı. O hayatıma girdikten sonra ilk defa yalnız hissetmemiştim. İlk defa benim de şu dünyada tutunabileceğim biri var demiştim. Aslında bu da yeni bir tür yalnızlıktı. Başka bir yalnızlık... Yıllar süren yalnızlığın bir başka yalnızlığın başlamasıyla bittiğini sanma yanılgısıydı.

Dalgın dalgın merdivenleri inmeye başladım. Bina her zamanki gibi sessizdi. İnerken odalar dolusu insanı ağırlayan bu koridorların sükûnetini düşünüyordum. Hayatımız boyunca birine veya birilerine ait olmak çırpınıp durduktan sonra yalnızlığı nasıl da kabullenmiştik ama! Onca yalnızlık içinde bir aradaydık. Bu iyiydi. Böylece tek başımıza yalnız kalmak zorunda değildik. Adal'ın artık dönmeyeceğini biliyordum. Ancak beni üzen sadece dönmeyecek oluşu değildi. Çünkü elbette birini bulacağım ama o olmadıktan sonra hep diğeri olacak.

Birinci kata gelince Eşref Beyle neredeyse çarpışıyorduk. Dengemi korumaya çalıştım ama pek başarılı olamadım. Tam yere kapaklanacaktım ki omuzlarımdan beni yakalayıp düşmeme engel oldu.

- Aşık gibi dalmışsın. Kim bu şanslı beyefendi?

Güldüm. "Eşref Bey çok hoşsunuz. Olsa olsa sizin ışığınız gözümü kamaştırmıştır."

Yine o anlam yüklü kahkahasını attı.

- O benim ışığım değildir. Bir ihtimal öteki tarafın yol lambasıdır.

İstemeden de olsa güldüm. Değişik bir enerjisi vardı. En hüzünlü şeylere bile gülmenize neden oluyordu. Durup yüzümü inceledi. Gülümsemesi yavaşça silindi. Gözlerine ihtiyatlı bir şefkat yerleşti.

- Sen de benim gibi birini özlüyorsun, dedi.

Kafamı sallayıp reddetmeye çalıştım ama konuşmama engel oldu.

- Yoo, inkâr etme. Tanıdık bu ifade. Her gün aynada bakarken hep bu ifadeyi görüyorum ben. Gel bakayım şöyle. İçeri geç. Hep siz mi bizi dinleyeceksiniz?

Güldüm. Müsaade isteyip gidecektim. Ancak itiraz etmeme fırsat vermeden koluma girip odaya çekti. Her zamanki gibi pencere önündeki berjerlere oturduk. Gözlerimin içine bakıyordu.

- Ee, anlat bakalım.

Gülümsedim. "Sadece bir anı. Hepsi o kadar."

- Anı da olsa tazeliğinden bir şey kaybetmiyor değil mi?

- Yapacak bir şey yok. Kalbimizin hafızası çok güçlü. Unutamıyoruz. Dünyamızı ayırsak da yüreğimizi ayıramıyoruz.

- Güzel dedin onu. Hele ben gibi yıllarca onun gözünün önünde olmasına alıştıysan hepten imkansızlaşıyor. Kim peki bu genç adam?

Derin bir nefes aldım. Bir süre düşündüm. Bir sır gibi içimde büyüttüğüm bu aşkın şimdi yeniden gün yüzüne çıkmasına hazır mıydım, bilemiyordum. Diğer yandan öyle samimi bir ifadeyle sormuştu ki aramızdaki iletişimin sekteye uğramasını göze alamadım. Bu yüzden ikimizi de memnun edecek bir antlaşma teklif edecektim. Sonra dönüp gözlerine baktım.

- Eğer söylersem siz de anılarınızla yüzleşecek misiniz?

- Ah, emin ol! Bu öyle bir şey değil. Ölüm tüm anılarını alıyor ve parça pinçik hâlde önüne koyuyor. Sonra sen bu parçalanmış anılarla boğuşuyorsun. Onları birleştirdiğinde de parça pinçik hâlinden daha az acı vermiyor. Keşke öyle bıraksaydım diyorsun. Şimdi eşime olan özlemimi ondan kalanlarla bastırmaya çalışmak acınası geliyor. Onun benden evvel gitmesi en büyük talihsizliğimdi.

- Bence bunca zaman yanınızda kalacak kadar sizi seven birine sahip olduğunuz için sonsuza dek çok şanslı olacaksınız.

Yüzüme dikkatlice bakıp tek kaşını kaldırdı. "Uzman tavsiyesi mi bu?"

Güldüm. "Hayır. Kırık kalp tavsiyesi."

- Ah şimdi anlıyorum. Zibidi seni bırakıp gitti öyle mi? Ne ahmak ama!

Bir kahkaha soludum. Yine istemsizce yapmıştım bunu.

- Öyle demeyin. Geriye dönüp hatırlayabilmek de güzel. Zaten isteyerek gitmemişti.

- Ama dönmeyişi isteyerek olmuş olmalı?

Sessiz kaldım. Kalbime bıçak sokup çevirmişti sanki. Ancak haklıydı. Buna karşı çıkmak adına diyebileceğim hiçbir şey yoktu. İfademden haklı olduğunu anlıyordu. Önüne dönüp bir süre yeri izledi. Sonra elini dizine vurup konuştu. En derinlerden içlenip yükselmişti.

- Hayat çok acımasız. En sevdiğin gelip seni en zayıf yanından vuruyor. Kimseye güvenemiyorsun. Keşke bir savaşın içinde yaşasaydım. En azından bilirdim ki düşman karşı tarafta. Şimdi sana bakınca anlıyorum ki doğru insanı bulana kadar ne çok vakit kaybetmişim. Emin ol ki bir gün karşına doğru insan çıkacak ve hayatına aldığın yanlış insanlar yüzünden ona verebileceğin hiçbir şey kalmadığını fark edeceksin. Enerjini saklamalısın.

Keskin bir refleks bakışlarımı ona doğrulttu. Aziz'in hikâyesine uyanmıştım.

- Savaş sevdiklerimizi alma konusunda en büyük düşmanımızdır zaten. Lütfen bir daha böyle bir dilekte bulunmayın. Bazen sadece kabullenmek zorunda kalıyoruz. Bir yerlerde iyi veya mutlu olduğunu düşünmek teselli oluyor. Her zaman kavuşmak değil ki önemli olan. Hayatından çıkması gerekse bile iyi olduğundan emin olmak aslolan.

İlk defa büyük bir ciddiyetle yüzümü inceledi. Şakasız ve yoğundu söyleyecekleri. O bir şey söylemeden devam ettim konuşmaya.

- Birini sevmek onu kaybetmiş olmama rağmen çok güzeldi. Beraber yaş aldığınız insanın anılarını, size sunduklarını sahipsiz bırakmamalısınız. Ne kadar çok acıtıyor olsa bile hepsi çok kıymetli. Bakın.

Çantamı açıp içinden çevirmeli defteri çıkardım. Eşref Bey'e uzattım.

- Bunu bana o vermişti. Ne zaman baksam gittiğini hatırlıyorum. İçini açtığımda ise onunla nasıl tanıştığımı... Sadece yokluğunu düşünmüyorum yani buna bakınca. Onu ilk gördüğümde ne hissettiğimi hatırlıyorum.

Eline alıp sayfaları çevirdi. Genç bir kız genç bir oğlandan bir deniz kabuğu alıyordu yine. Başını kaldırıp bana baktı.

- Böyle mi tanıştınız?

- Evet. Sahilde deniz kabuğu toplarken görmüştüm onu. Biliyor musunuz, onlara hikâye anlatırdı hep.

Gülümsedi. "Özel birine benziyor."

- Öyle, dedim. "Çok özel."

Bir kez daha çevirdi defterin sayfalarını. Sona vardığında bu kez son sayfa arka kapaktan kurtulup notu açığa çıkardı. Bana baktı.

"Okuyun lütfen." dedim. Gözleri yazıları takip ettikçe zihnim her kelimeyi ezberden söylüyordu. Kaç defa okudum bu notu, bilmiyorum. İçinden ne anlamlar çıkarmaya çalıştım her kelimede ne çok ipucu aradım. Eşref Bey notu okuyunca başını kaldırıp bana baktı.

- Çok üzgünüm. Çok trajik bir ayrılık olmuş bu. Bulundu mu babası?

Bedenim yeniden uyanan acıya direnmeye çalışıyordu. Sözcüklerimi parçalamadan bir arada tutmaya çalıştım.

- Çevreden öğrendiğime göre kaybolduğu günden birkaç gün sonra sahile vurmuş cesedi. Polis ölümünü şüpheli bulmuş. Haberi alınca oğlunun acısına dayanamayan adam torununu alıp bir an evvel gitmek istemiş. Belli ki notu yazdığında Adal bunu bilmiyordu.

- Adal demek ismi.

Gülümsedim. Bu ismi bir başkasından duymak onun varlığını ispatlıyordu sanki. Bunca zaman dönmeyince zihnimin onu yalnızlığı bastırmak için yarattığını düşünmeye başlamıştım.

- Sahile vurduğunu söyledin. Boğulmuş olamaz mı? Polis bunu neden şüpheli buldu?

Yutkundum. Adal hakkında bu kadar çok şey söylememiştim. En azından bir başkasına. Yoksa bedenim ona dair kelimelerle doluydu. Söylenecekken susulmuş çok şey vardı içimde. Derin bir nefes alıp devam ettim.

- Denize atılmadan evvel boğulduğunu gösteren işaretler varmış. Kimin yaptığından hâlâ tam emin değiller sanırım. Çünkü çok sevilen biriydi. Herkesle iyi geçinirdi. Neden bilmiyorum ama en sonunda zavallı bir balıkçıyı tutuklamışlar.

Dehşet içinde dinliyordu. "Balıkçı mı yapmış yani?"

- İnanmak güç. İyi bir adamdı. Adal sürekli gidip onunla orada saatlerini geçirirdi. Sadece o değil, neredeyse tüm çocuklar onu severdi. Çok iyi bir hikâye anlatıcısıydı.. Muhtemelen çevredekilere sordular. Onlar da balıkçıyı pek sevmedikleri için şüpheleri onun üzerine çektiler. Sürekli hakkında dedikodular çıkardı zaten.

Omuzları düşmüştü. Acaba en çok kime üzülüyordu?

- Sonra ne oldu? Dönmedi mi tekrar?

- Hayır. Sonrasını öğrenebileceğim kimse kalmadı aslında. Adal'ın tüm bunların yaşandığı yere dönmeyeceğine ikna olunca daha fazla durmadım orada. Balıkçının öldüğünü duydum sonra. Teknesi de çürümüş gitmiş.

Aziz'i son gördüğümde söyledikleri geldi aklıma. Bildiği şeyler vardı aslında. Bir an Adal'ın babasının ölümü hakkında bir şeyler bilip bilmediğini düşündüm. Sonra bunu zihnimden uzaklaştırdım. Onun hikâyesini yanlış anlatanlardan biri olmak istemiyordum. Dalgınlığımı fark eden Eşref Bey uzanıp elimi sıktı.

- Çıkmaya karar verdim.

- Anlamadım, dedim.

- Çıkmaya karar verdim. Haklısın. Onu böyle yaşıyormuş gibi anlatmanın, öyle varsaymanın manası yok. Hayattan beklediklerimizle hayatın bize verdikleri arasındaki farka hüzünlü gözlerle bakarak dolduruyoruz günlerimizi. Ölüm bize sormadan götürecek bir gün bizi. İznimiz olmadan geldiğimiz bu dünyadan iznimiz olmadan alınacağız. Henüz zamanımız gelmediğine göre devam etmeliyiz.

Gülümsedim. Beklemiyordum bunu ama memnun olmuştum.

- Devam etmek her zaman daha iyidir. Durmak, beklemek bizi bir yere götürmez. Sizin adınıza mutlu oldum.

Gülümsedi. "Bence onu aramalısın. Durmak, beklemek seni de bir yere götürmez. Git, bul ve neden seni aramaya gelmediğini sor. En acıtan cevap bile bilmemekten iyidir."

- Artık beklediğimden bile emin değilim. Sabırla beklediğini sanıyorsun ama bir bakıyorsun ki aslında vazgeçmişsin. Şu an geriye dönerken bunu tekrar düşündüm. Bir şey yapmıyor oluşumun tek açıklaması bu.

Omzuma ihtiyatla dokunup gülümsedi. "Asıl yolculuk geri dönerken başlar."

Gülümsedim. Sonra kalkıp dolabından çantasını aldı. Gerçekten gidiyordu.

- Benim için bir iyilik yapıp Kemal Bey'e artık hazır olduğumu söyler misin?

Başımı salladım. Ayağa kalkıp kapıya yöneldim. Arkamdan seslendi. "Umarım bir gün sen de hazır olursun. Unutma ki bunun senin elinde olduğunu göstermek için çıkıyorum buradan."

Gülümsedim. "Sizi özleyeceğiz."

Göz kırptı. Kapıyı çekip önünde bir süre durdum. Bu kapılar sayesinde ne çok hayata girip çıkmıştım. Bu yolculuklar her seferinde beni daha da olgunlaştırıyor, sanki hayata daha hazır hâle getiriyordu. Tek bir ömrümüze bunca tecrübeyi sığdırmanın başka yolu yoktu zaten. İletişime en çok bunun için ihtiyaç duyuyorduk. Gülümseyerek arkamı döndüm ama büyük bir gürültüyle yere düştüm. Sonunda birine çarpmıştım işte.

- İyi misiniz?

Yerinden doğrulup kalkmaya çalıştı. O sırada bunun Edip Bey olduğunu fark ettim.

- Çok özür dilerim. İyi misiniz?

Ayağa kalkıp elini uzattı. Çok mahcup hissediyordum. Dalgınlığım yüzünden ikinci kez ona kendimi yanlış tanıtıyordum. Karşısında acemice bir imaj çiziyordum. Elimde olmadan dalgınlıklarımı sunuyor, yaralarımı gösteriyordum. Ancak o yine aynı şeyi yapıyordu. Tüm bunları büyük bir ciddiyetle karşılıyor ve bir kuşa dokunacakmış gibi elini uzatıyordu.

- İyiyim. Asıl siz iyi misiniz? Affedersiniz, sizi görmedim.

- Çok üzgünüm. Ben de sizi görmedim. Sizinle seansımız için odama geçiyordum.

Güldü. "Aynı sebepten çarpmışmışız o hâlde."

Güldüm. Büyük utancımı benimle paylaşmıştı.

- Gidelim mi?

İşaret ettiği merdivenlere yöneldim. Son katı beraberce inip Fazıl Bey'in masasına ulaştık. Kemal Bey'e iletmesi için masasına bir not bıraktım. Daha sonra Edip Bey ile odaya ilerledik. İçeri geçerken bir kez daha ne kadar dik durduğunu fark ettim. Dışarıdan bakınca sorunlar yaşadığını anlamak gerçekten güçtü. Bir anlamda bana ihtiyacı yok gibi duruyordu. Kendini teslim etmeyecek bir askere iyi gelmeye çalışıyordum.

Derin bir nefes aldım. Sonra ona dönüp pencere önündeki koltuklara oturmayı teklif ettim. Kabul etti. O yerine geçerken ben de telefona uzanıp ikimiz için papatya çayı rica ettim. Sonra karşısındaki koltuğa yerleştim. Yıllar önce Kemal Hoca'nın oturduğu koltukta şimdi ben oturuyordum. Burada defalarca annemin ölümü üzerine konuşmuştuk. Babamın gelmeyeceğini de yine burada söylemişti bana. Hiç ağlamadığımı hatırlıyorum. Bir rahatlama hissetmiştim sadece. Nihayet yanımda nasıl bu kadar sessiz kalabildiğini, ona ihtiyacım olduğu hâlde neden bu kadar mesafeli olduğunu düşünmek zorunda değildim. Beni sürekli arafta bırakıp duruyordu. Sonunda seçimini yapmıştı. İçinde en çok ağır basan yere doğru devrilmiş, beni de hayatımın tamamında bir leke gibi yapışıp kalan o saçma sapan ikilemden kurtarmıştı. O artık düşünmek zorunda olmadığım bir anıydı. Bu yüzden eski bir eşyayı saklar gibi geriye itiverdim onu.

Yaşamak için geldiğimize inandığımız şu dünyada gün be gün nasıl ölmekte olduğumuzu öğreniyoruz. Daha iyisini umarken karşılaştıklarımız bize haddimizi bildiriyor. Ölmek için gelmiştik. Benim de kayıplarımdan başka bir şeyim yoktu şu hayatta. Ben de bunu ölmekle eş değer tutuyordum. Belki ki şuursuz bir yaşama hâliydi. Benden başka herkes farkındaydı varlığımın ve bir o kadar da bir haber.

Çırpındıkça inatçı bir bataklığa saplandığım o yaşlarda karavanla yanaştığımız sahilde yeni bir yaşam sunulmuş gibi nefes almaya başlamıştım. Ancak yaşamak için bana sunulan o iki senenin sonunda sevdiğim birini daha kaybedeceğimi düşünmeden hemen şımarmış, fazlaca heveslenmiştim. Sonunda bir bataklıkta değil de çiçekli bir bahçede yaşadığıma inandıran o yıllara belki de haddinden fazla inanmıştım. Babamın artık dönmeyeceğini öğrendiğim o ana ulaşınca tek düşündüğüm şu olmuştu: "Madem gideceklerdi neden geldiler ki? O çaba nedendi?"

Bunun cevabını bugün burada, hemen karşısındaki şu koltukta otururken bile bulamıyorum. Çocuk da olsan uzman da olsan hayattaki tecrübelerin, öğrendiklerin onu anlayamaya her zaman yetmiyor. Eşref Bey bir gün "Hayatı anladığında yaşamadığını fark ediyorsun." demişti. Şimdi düşünüyorum da belki de anlamamak en iyisidir. Bilemiyorum. Yıllarca sevdiklerim için kalbimin içinde bir yer ayırıp, onlar için orayı koruyup kolladım. Yine de sevmediler beni. Belki yeterince sevemediler. Bu insanı epey yalnız hissettiriyor. Umut etmeyi düşünemeyecek kadar umutsuz olduğum bir gün Kemal Hoca bana "Bazı heveslerin günü daha gelmedi." demişti. Yine bir umut yaşamam bundan belki de.

Hayatımın gizemlerini çözemeden başkalarınınkine mercek tutup duruyorum. Görülemeyecek kadar ufak yerlere sıkışanları görünür kılıyor ve ilerlemelerini sağlamaya çalışıyorum. Çünkü bunu yapamadığım zaman karşımdakinin ne hissettiğini çok iyi biliyorum. Benim gibi kayıp ruhların bu diyarda daha fazla hapsolmasına gönlüm razı gelmiyor ve tıpkı Kemal Hoca'nın dediği gibi masanın öbür tarafına geçiyorum. Kendimde başaramadığım şeyi bir başkasının hayatında gerçek kılıyorum.

Karşımda oturan Edip Bey'e bakıp gülümsedim.

- Sizi yeniden görmek güzel. Nasıl hissediyorsunuz?

Bir nefes alıp bıraktı. O da gülümsedi. "Aslında biraz kaybolmuş hissediyorum."

- Anlıyorum.

Kapıda bir tıklama duyuldu. İkimiz de papatya çayıyla içeri giren Mehmet Bey'i izlemeye koyulduk. Odayı nefis bir koku doldurmuştu yine. Ciğerlerimi papatya tarlasına çeviren bu kokuyu seviyordum. O çıkarken teşekkür edip Edip Bey'e döndüm. Havayı kokluyordu.

- Çok hoş değil mi?

Kaşlarını çattı. Telaşa kapıldım bir an.

- Sevmediniz mi yoksa? Geçen sefer hoşunuza gittiğini düşünüp sormadım, özür dilerim.

Başını salladı. Düşünüyor gibiydi. Sonra yine başını salladı. Düşünceleri yakalanmamak için kaçıyordu.

- Sadece kafam karıştı. Devam edelim lütfen. Önemli değil.

Bu hâli aklıma takılmıştı ama ısrar etmedim. Kendi fincanımdan bir yudum aldım. Masaya bırakırken baktım, yüzündeki ifade değişmişti. Gülümsüyordu. Bende de otomatik bir gülümseme uyandırmıştı.

- Her şey yolunda mı?

- Evet, dedi. İncecik dudakları gülümseyince bir çizgi çekiyordu.

Başımla onaylayıp devam ettim.

- Bana kendinizden biraz bahseder misiniz?

- Tek başıma yaşıyorum uzun zamandır. Askeri okula gittim ve ömrümün çoğu bu okullarda geçti. Gittiğim yerlerde arkadaş edinmekte zorlanmıyorum. Bu yüzden epey çevre edindim. Bu da beni iyi yerlere getirdi. Gururla görevimi yapıyordum ama aksilikler oldu.

Önümdeki sehpaya uzanıp defteri aldım. Şimdi dizlerimin üzerinde bir martı gibi duruyordu. Burada olduğu süre boyunca anlattığı her şeyi buraya not etmiştim. Tuhaf bir şekilde anlattıkları içinde onun varlığı belli belirsiz duruyordu. Yapmaya çalıştığı şey öyle açıktı ki aslında. Bana anlattıklarında ona ait kayda değer bir şey yoktu. Çünkü yoğun duygulara kapılmaktan korkuyor, içten içe zorlanıyor, hatta belki de kaçıyordu.

- Nasıl olduğunu anlatmak ister misiniz?

- Hatırlamıyorum. Anlatılanlara göre bir saldırı olmuş. Korumamız gereken kişi ve...

Burada duraksadı. Bakışlarını kaçırıp çakıl yatağına çevirdi yüzünü. Alt dudağını ısırdığını anlamak güç değildi. Sabırla bekledim.

- Ve silah arkadaşım olay yerinde ölmüş. Ben de yüzümden yaralanmışım. Birkaç ay komada kalmışım. Bu yüzden uyanana kadar bunlardan haberim olmadı. Hem arkadaşımı hem de kimliğimi kaybetmişim.

- Yakın mıydınız?

- Kardeşimdi.

Kaşlarımı kaldırdım. Yerimden doğruldum. "Çok üzgünüm."

- Ben de...

- Kimliğimi derken neyi kastettiniz?

- Yüzümü. Mermi elmacık kemiğimden girip çenemin altından çıkmış. Tüm yüzümü parçalamış. Hâlâ aynadaki kendime alışamadım. Bakışlarımdan başka bana beni hatırlatan bir şey yok sanki.

Gözlerine baktım. Masmaviydi. Bu maviliği ömrümde bir kez daha görmüştüm. Dehşet bir özlem yüreğimi karıncalandırdı. Felç kalan yanım uyanmak ister gibi kıpırdandı. Onu durdurdum. Bu adam benim hastamdı. Bundan ötesini arzulayamazdım. Yüzünü incelemeye çalıştım. Tam kaşının hizasında belli belirsiz duran dikiş izini ancak o zaman fark edebilmiştim. Yüzünde bazı kaslar seğiriyordu. Bunun sinirsel bir yan etki olduğunu düşünmüştüm ama belki de travma sonrası bir yüz kusuru olarak kalmıştı.

Konuşurken sivri çenesi ortaya çıkıyordu. Estetik ameliyatından evvel nasıldı diye düşündüm. Belki anılara referans olabilecek yüzündeki eksik parçalar tamamlansa arka planda sakladıklarını gün yüzüne çıkarabilirdik. Hemen toparlandım. Yüzünü böyle dikkatle incelemem onda yanlış fikirler uyandırabilirdi. Konuşurken onu incelediğimi fark etmemesini umarak dinlemeye devam ettim. Öyle soğukkanlı anlatıyordu ki bu kan donduran olay karşısında sakinliğimi korumaya çalıştım. Bunca anlatılanlar içinde asıl soruyu kaçırıyorduk. Bu yüzden araya girdim.

- Neden buradasınız?

- Nasıl yani?

Bakışları sertleşmişti.

- Kimliğiniz elbette çok önemli. Anıların gizlendiği bir yanınıza veda etmişsiniz. Ancak sizi en çok etkileyen gerçekten hangisi? Ne için buradasınız? Bazı şeyleri hatırlayamadığınız için mi? Yoksa onun yokluğuyla başa çıkmak için mi? Hangisi burada olma sebebiniz? Bana duygularınızdan bahsedin lütfen.

Bakışları yumuşadı ama bu kez de anlamını kaybetmişti. Bir süre düşündü.

- Artık mutlu hissetmiyorum. Ancak bu önemli değil. Zaten mutluluk çok anlık bir şey. En son ne zaman mutlu hissettiğimi bile hatırlamıyorum. Mutlu bir hayat değil layıkıyla yaşanan bir hayat istiyorum. Beni yaralayan her şeyi geride bırakıp devam edebilmek istiyorum.

Bu itirafla bedeninde bir titreme dolaştı.

- Üşüyor musunuz?

Başını hayır anlamında salladı. Değişen yüzü değil, değişen duyguları onu endişelendiriyordu. Ancak bu tür durumlarda genelde kaynak çok yakındaydı. Fark etmek yeterliydi.

- Buna engel olan ne sizce?

Düşündü. Cevap oralarda bir yerlerdeydi. Evirdi çevirdi. Gözlerinden bunu okuyabiliyordum. Sonunda karar vermişti. Gözlerini gözlerime dikti. Ancak bir şey söylemedi. Sanki tahmin etmemi istiyordu. Bir süre direndim buna. Bunu o keşfetmeliydi. Vals eder gibi bir savaş vardı gözlerimiz arasında. Ancak dayanamayıp beni kıvrandıran bakışlarına yenildim sonunda.

- Siz misiniz?

Yutkundu. Gözleri hâlâ gözlerimdeydi. "Herkes öyle değil midir?"

Buna cevap vermemek için bakışlarımı kaçırdım. Hemen zihnimde başka bir soru taradım. Hafif bir öksürükle zaman kazanmaya çalıştım ama üzerimdeki bakışları düşünmeme engel oluyordu.

- Öyleyse ailenizden bahsedelim, dedim bir solukta.

- Ailem... Annemle babam birbirlerini çok severek evlenmişler. Herkes bu beraberlikten mutluymuş. Babamla çok yakındık. Bize çok iyi davranırdı. Sürekli şakalaşırdık. Annem de bir an olsun yanından ayırmazdı bizi.

- Ne hoş! Askeri okula gitmeye ne zaman karar verdiniz?

Duraksadı. Düşünüyordu. Bir süre sessizlikle baş başa kaldık. Sonra soruyu başka bir şekilde tekrar etmeye karar verdim.

- Ailenizden ayrılmak zor olmuş olmalı. Onları geride bırakmak sizi zorladı mı?

"Evet." diye geçiştirdi.

- Kardeşiniz ne zaman size katıldı?

- O hep benimleydi.

- Anlıyorum.

Hikâye bölük pörçük sunuluyordu. Bu yüzden midir bilinmez, kafamda oturmayan şeyler vardı. Mutlu bir aile tablosu çiziyordu ama nedense oradan kaçmaya çalıştığı bir şeyler olduğunu seziyordum. Üstelik kâbusları da buna işaret ediyordu.

- Uykularınız nasıl? Bir değişiklik hissediyor musunuz?

- Aslında her zamanki gibi sabahları kalkınca önce üniformamı arıyorum ve bulunduğum yerin neresi olduğunu anlamaya çalışıyorum. Hâlâ o konuda biraz kafam karışık. Ancak...

Burada bir müddet duraksadı. Yüzünü buruşturdu. Hatırlamaya çalışıyordu sanırım. Sabırla bekledim. En sonunda devam etti.

- Ancak garip bir şekilde kâbusumda bir değişiklik oldu.

- Buraya taşındıktan sonra mı?

- Evet. Yine kararlı bir şekilde bir yere varmaya çalışırken görüyorum kendimi. Takip edildiğimi fark edip yolumu değiştiriyorum. Tam kaybolduğumu düşünürken birden bulmak istediğim şeye vardığım hissiyle uyanıveriyorum.

Kaşlarımı kaldırdım. "Öyle mi?"

- Evet. Bu kez çıldıracak gibi hissediyorum. Hani bir şarkıyı çok seversiniz geçmişte ve sonra onu hatırlamak için kendinizi hırpalarsınız da dilinizin ucunda gibi hissetmenize rağmen bulamazsınız ya? İşte tam olarak öyle bir his bu. Çok yakınım ama dokunamıyorum.

- Anlıyorum. Artık bir cevaba yaklaştınız demek ki. Bence iyi hissetmelisiniz. Bu aşama kaydettiğinizi gösteriyor olabilir.

Yüzünde şaşkın bir ifade oluştu. "Öyle mi dersiniz?"

- Kabuslarınızdaki çıkış noktasından baktığımızda o kısımda değişen pek bir şey yok gibi. Ancak hayat amacınızda veya beklentilerinizde muhtemelen bir umut ışığı doğmuş. Son zamanlarda buna neden olacak bir şey yaşadınız mı?

- Son zamanlardaki en büyük değişiklik buraya gelmek oldu.

- Buraya nasıl geldiniz?

- Kemal Bey vasıtasıyla.

- Bundan önce neredeydiniz?

- Bunu sizinle paylaşamam. Çünkü görev yerindeydim. Orada benimle ilgilenen doktorlar ısrarla Kemal Bey ile görüşmem gerektiğini söylediler.

İlginçti. Kemal Hoca'nın namının bu kadar yayıldığını bilmiyordum. Belki de düşündüğüm kadar uzağa gitmemişti. Bunun üzerine çok kafa yormanın anlamı yoktu. Önemli olan buraya geldikten sonra nasıl bir tetikleyiciyle karşılaştığıydı. Yüzünü inceledim. İlk geldiği hâlinden daha farklı bir ifade vardı yüzünde. Kararlı ve kendinden emin bir subaydan kafası karışmış bir çocuğa dönüşmüştü. Öyle tanıdık bir ifadeydi ki bu, onda kendimi görmeden edemiyordum.

Ben uçmayı düşe düşe öğrendim. Kaldıranlara değil kanatlarıma güvendim.

DOKUZUNCU BÖLÜM

Yaklaşık bir hafta boyunca defalarca önünde tereddütle beklediğim kapıdaydım yine. Meseleyi derinleştirmek istiyordum. Daha ötesine ulaşmak için yanıp tutuşuyordum. Belki etik değildi ama kendime hâkim olamıyordum. Kemal Hoca'nın kapısını tıklatıp içeri girdim. Odasını bana bıraktığından beri arka tarafa bakan odalardan birinde çalışıyordu. Onu tanıdığımdan beri yalnızdı. Hikâyesini hiç sormamıştım. Şimdi kapıda durmuş ona bakarken fark ediyordum ki hayatım hakkında belki de benden daha fazla bilgiye sahip bu insanla ilgili hiçbir şey bilmiyordum. Bana bir şeyleri işaret ederken, çıkışları gösterirken işaret etmediği yerleri kaçırmıştım. Kendimi çok suçlamıyorum. Parmak gökyüzünü gösterdiğinde sadece aptallar parmağa bakar, derler. Ben de yolunu bulmaya çalışan her insan gibi tabii ki böyle yapmıştım.

Kendimi bildim bileli babamın sınırlarında yaşadım. O izin verdiği ölçüde oldu her şey. O böyle daha mutlu olacağımı varsayıyordu. Ne yazık ki olamamıştım. O da bunu fark etme konusunda tam bir beceriksizdi. Onun aksine Kemal Hoca bana daha mutlu bir gelecek inşa etmeye çalışmadı. Babamla konuşmalarına şahit olduğum an dün gibi aklımda. İhtiyacım olan cevaplar onda vardı. Bunu elbette biliyordum. Ancak babamın aksine o bana sadece rehber olmaya çalışıyordu. O veya bir başkası olmadan da ayakta durabilmem için bunları benim bulmam gerektiğini düşünüyordu. Tabi o bunları hiç dillendirmedi ama ben anlıyordum. Bu yüzden olanları öğrenmeye çalışmadım hiç. Olanca gücümle var olmaya çalıştım o kadar.

- Çok enteresan, dedim.

İncelediği dosyadan başını kaldırdı. Gözlüklerini çıkarıp masaya koydu. "Nedir o enteresan olan?"

- Bana yönlendirdiğin son vakayı diyorum. Çok enteresan.

Gülümseyip gözlüklerini yeniden taktı. Sonra üzerinde çalıştığı dosyaya döndü. "Öyle mi?"

- Öyle.

Karşısına geçip oturdum. Bir süre onu çalışırken izledim.

- Nasıl geldi dosyası size?

- Diğerlerinin geldiği gibi.

- Demek öyle.

Yüzünde anlam veremediğim bir tebessüm vardı. Normalde üstelemezdim ama Edip Bey'e yardım etmeme faydası olacağına inandığım bir bilgiyi ancak ondan alabilecekmişim gibi hissediyordum.

- Bu kadar meşhur olduğunuzu bilmiyordum, dedim uzun bir sessizlikten sonra.

Başını kaldırdı. "Bak, onu ben de bilmiyordum."

Israrla devam ediyordu bu oyuna. Kartlarımı açık oynamaya karar verdim ben de.

- Hocam, dedim doğrularak.

Yüzümü dikkatle inceliyordu.

- Siz Edip Bey'i tanıyor musunuz yoksa?

Kahkaha attı. "Bu da nereden çıktı?"

- Onu buraya siz aldırmışsınız. Gizli görevdeki bir askerin dosyası neden küçücük bir sahil kentine kadar geldi? Eminim orada da çok iyi doktorlar vardır.

Bozulmuş gibi baktı. Hâlâ olayın ciddiyetine kendini vermiyordu.

- Sen beni pek beğenmiyorsun anlaşılan.

- Öyle demek istemiyorum. Sadece burada daha derin anlamlar olduğunu sezebiliyorum. Bakın, anlattıklarında boşluklar var. Sanıyorum o boşlukları doldurabilecek kadar bir şeyler biliyorsunuz. Ona yardım edebilmem için sizdeki bilgilere ihtiyacım olabilir.

Elindeki kalemi masaya bıraktı. Sandalyesinde doğrulup arkasına yaslandı.

- Efil, senin bendeki bilgilere her zaman ihtiyacın vardı. Şimdi kendin için istemediğin bir şeyi başkası için mi istiyorsun?

Taş kesildi bir anda vücudum. Böyle bir karşılık beklemiyordum. Yutkundum. Başımı öne eğdim. Yanlışı kovalarken doğruya yakalanacak kadar şanslı değildi bazıları, biliyordum. Ancak o kadar çok koşmuştum ki doğru olduğuna inandığımın peşinden, yanlışlanmasına hazır değildim.

- O başka. Duymaya hazır olmadığım şeylerdi.

- Bunlar da öyle Efil. Ancak hazır olduğunda bunlar açığa çıkar. Sabırla beklemelisin. Kendi uğraşınla elde ettiğin her şeye daha çok sahip çıkarsın. Zaten başka türlüsü de mümkün değil. Hiçbir kuş çırpınmadıkça uçamaz. Tek başına yürümeyi bilen birine de kimse çelme takamaz. Ben uçmayı düşe düşe öğrendim. Kaldıranlara değil kanatlarıma güvendim. Sen de bir gün bunun ehemmiyetini anlayacaksın.

Haklı olduğunu biliyordum ama içimdeki o istek hâlâ oradaydı. Hatta şimdi daha büyük bir arzuyla bilmek istiyordum. Edip Bey'in hayatını öğrenmek için çırpınıyordum. Eğer haklıysa bu istek de uçmamı sağlamaz mıydı? Bu çırpınışı herkes kendi için mi yapmak zorundaydı? Direnip daha fazlası için ısrarcı olabilirdim. Ancak Kemal Hoca'nın da bundan fazlasını vereceğini sanmıyordum. Çaresiz kabullendim. "Peki."

Masasında duran bir dosya yığınını bana uzattı. Dosyalara bakıp iç çektim.

- Yeni vakalar mı?

- Evet ama bunlar senin değil.

- Kimin?

Çekmecesini açıp birkaç dosya daha çıkardı. Önüme koydu. Bunlar öz geçmişlerdi.

- Yeni stajyerlerin.

Yüzüne bakakalmıştım. Yeni gelenleri o ve başka kıdemli uzmanlar yönlendirirdi. Anlam veremediğimi yüzümden anlamış olacak ki devam etti.

- Artık hazırsın.

- Neye?

- Bu binanın tamamının sorumluluğunu yavaş yavaş sana bırakıyorum. Yönetimde daha fazla söz sahibi olacaksın. Kendini işine nasıl adadığını görüyorum. Senden daha iyisini bulamam. Yeni mezun meslektaşlarımıza buraya alışmaları için yardımcı olman gerekiyor. Sen alışana kadar burada olacağım ama yalnızca arka planda kalacağım.

- Bu ne demek oluyor şimdi? Siz nereye gidiyorsunuz?

Güldü. "Benim de dönmeyi dört gözle beklediğim bir yer olmadığını mı sandın?"

Kaşlarımı çattım. Anlamıyordum.

- Emeklilik, dedi gülerek.

- Emeklilik mi? Siz daha çok gençsiniz, dedim gülmeye çalışarak.

Bir kahkaha patlattı. "Efil, sen buraya ilk geldiğin zaman bile genç değildim."

Gülmeye zorladım kendimi ama hüznümü saklayamıyordum.

- Burada olmanız bana güç veriyordu. Buna alışmak zor olacak.

- Ah küçüğüm... Böyle bir şeye alışmak zorunda değilsin. Sadece şartları değiştirebilecek fırsatları kolla. Seni mutlu edecek, iyiliğine olacak şeylere karşı korkusuz ol.

Ruhumda bir panik gizleniyordu.

- Gidecek misiniz buralardan?

- Muhtemelen.

Bir şey söylemedim. Söyleyemedim. Babam bile ardına bakmadan gitmişti. Bunca sene hayatımda kalan tek kişiydi Kemal Hoca. Babamın bile yapmadığı yapmış, bana sahip çıkmıştı. Kanatlarına yapışan biri olmadan uçmak onun da hakkıydı. Ayağa kalktım. Dosyalara uzanıp kucakladım. Kapıya doğru yöneldim. Çıkarken dönüp baktım.

- Siz olmayınca hepten yalnız kalacağım, dedim.

Ciddiyetle yüzüme baktı.

- Kendinle baş başa kalmayı yalnızlık zannediyorsan yanılıyorsun.

- Peki ya ne?

- Olduğun kişi seni memnun ediyorsa en iyi arkadaşa sahipsin demektir. Başka biri olmadan da var olabiliyorsan bunun adı yalnızlık olmaz.

- Neden böyle hissediyorum o hâlde?

- Tutunarak yürüdüğün müddetçe gerçekten yürüyebildiğini anlayamazsın. Hissettiğin tam olarak bu. Ben olmadan da başarılı olduğunu gördüğünde artık böyle hissetmeyeceksin.

Gülümsedim. Elimdeki dosyalara baktım.

- Doğru. Bunca işin arasında belki sizi özlemeye vaktim kalmaz.

Bir kahkaha attı. "İşte şimdi anlamaya başlıyorsun."

Güldüm. Çıkıp ardımdan kapıyı kapattım. Bir dönemi daha geride bırakıyordum. Bir veda daha dayanmıştı kapıya. Hayatımı kesitlere ayıran bu vedalarla buluşmalarımdan kaçamıyordum. Her şey bölük pörçüktü. Kopan yerlerden birbirine bağlıyor, öyle devam ediyordum. Ancak asla tam olmama yetmiyordu. Şimdi bir yama daha gerekecekti.

Odama geçmek için yeltendim ama yol üzerinde Edip Bey'i gördüm. Fazıl Bey ile konuşuyordu. Yaklaşıp bir şeyler söyleme gereği duydum.

- Merhaba.

Dönüp sıcacık gülümsedi.

- Efil Hanım! Yükünüz ağır görünüyor.

Elimdeki dosyalara baktım. Gerçekten ağırdılar. Fazıl Bey'in masasına bırakıp yanıtladım.

- Ah, biraz öyle. Teşekkür ederim. Nasılsınız?

- İyiyim, teşekkür ederim. Fazıl Bey'e civarda görmem gereken yerler olup olmadığını soruyordum.

Karavanla yanaştığımız o sahil canlandı bir anda gözümün önünde. Gelir gelmez böyle bir manzarayı kucaklamak, denizden esen rüzgârı tenimde hissetmek benim şansımdı. Bu şehre gelenlerin ilk olarak burada durması gerektiğini düşünürdüm. Başlamak için harika bir yerdi. Öyle çok etkilenmiştim ki burada insanın mutsuz olmayacağından neredeyse emindim. Güldüm. Tam bir dramatik ironiydi. Pek çok mutluluğun yanı sıra bana ne mutsuzluklar sunmuştu. Bundan bir haber oluşuma şaşıyordum. Edip Bey'in sesiyle kendime geldim.

- Gülümsüyorsunuz. Galiba size sormalıyım bu soruyu.

Başımı salladım. "Burada çok sevdiğim birkaç yer var."

- Öyle mi? Ne hoş! Keşke bana rehberlik edebilseniz.

Gülümsememin silindiğini hissedebiliyordum. Kekelemeye başladım. Kalbim hızla atmaya başladı. Bu neydi ki şimdi?

- Üzgünüm. Biraz meşgulüm. Size iyi eğlenceler.

Kaçar gibi ayrıldım oradan. Odaya girer girmez kapıyı kapatıp arkasına yaslandım. Zorla içeri gireceklermiş gibi güvende olduğumdan emin olmaya çalışıyordum. Elim göğsüme gitti. Sanki yeterince sert bastırırsam kalbimi yavaşlatabilecektim. Çare yoktu. Koşup pencereyi açtım. Temiz hava içeriyi doldurdu. Önündeki koltuklardan birine çöktüm. "Yoksa?"

Kapı birkaç kez tıklatıldı. Hışımla kapıya baktım. Henüz yatışmamış kalbim şimdi yerinden çıkacaktı. Kapı yavaşça açıldı. İçeri Fazıl Bey girdi.

- Efil Hanım affedersiniz. Dosyalarınızı getirdim.

Derin bir nefes aldım. Dosyaları tamamen unutmuştum. "Teşekkür ederim."

Fazıl Bey dikkatle beni inceliyordu. Bir şey söyleyecekmiş gibi kapıdan ayrılmıyordu.

- Fazıl Bey?

- Efil Hanım her şey yolunda mı?

Onun hassas kalbi, samimi insanlığı elbette ki benim bu hâlimi es geçmeyecekti. Son durumu tamamen bir kenara bırakarak ona da bir açıklama yapmam gerektiğini fark ettim.

- Buyurun, oturun lütfen.

Karşımdaki koltuğa oturdu.

- Bu dosyalar yakında burada çalışmaya başlayacak yeni meslektaşlarım için hazırlandı. Bunların görev atamalarını beraber yapmamız gerekiyor. Bir de eğitim planı ve günlük rutinleri benim takvimime göre düzenlenecek.

- Peki Efil Hanım.

Fazıl Bey'in bunu bilip bilmediğinden emin değildim. Ancak bilmesi gerekiyordu.

- Yakında Kemal Bey ayrılıyor. Emekli olmaya karar verdi. Tüm sorumluluğu bana devretmeyi düşünüyor.

- Sizin adınıza çok sevindim. Her zaman yanınızdayım Efil Hanım. Ne gerekiyorsa söylemeniz yeterli.

Gülümsedim. Sıkıntımı adeta benmiş gibi anlıyordu. Bu hâli bana güç verdi.

- İyi ki sizi tanıdım Fazıl Bey. Siz olmasanız burası karmakarışık olurdu. Bir de sizin gibi gerçekten önemseyen birinin misafirlerimizle ilgileniyor olmasından dolayı içim çok rahat.

Gülümseyerek karşılık verdi. Sesinde her zamanki doğal sıcaklık vardı.

- Elbette. Buraya geldiklerinde ilk olarak benimle karşılaşıyorlar. Onların burada önemsendiğini hissettirmem gerekir. Zaten başka türlüsü de elimden gelmez.

"Bundan öyle çok eminim ki!"

Gülümsemesini kaybetmeden başını salladı. Ayağa kalkıp kapıya yöneldi. Sonra aniden dönüp dosyaları aldı.

- Bunlarla ben ilgileneyim.

- Teşekkür ederim.

Kapıyı kapatıp çıktı. Başımı geriye yaslayıp gözlerimi tavana diktim. İçeriye dolan temiz havanın beni yatıştırmasına olanak tanıdım. Sonra pencereyi kapatmak için ayağa kalktığımda onu gördüm. Tek başına bahçede yürüyordu. Pencereyi kapatıp kapıya yöneldim. Girişi geçip bahçeye çıktım.

- Size eşlik edebilir miyim?

- Tabii. Meşgul olduğunuzu sanıyordum.

Derin bir nefes alıp bıraktım. "Öyle ama nazik davetinizi geri çevirmek de pek kolay değildi."

Gülümsedi. "Size bir şey sorabilir miyim?"

- Tabii.

- Neden her zaman papatya çayı içiyorsunuz?

Kahkahama engel olamadım.

- İlginç bir soru. Açıkçası bunun cevabı bende de yok ama bir şekilde olmam gereken yerdeymişim gibi hissettiriyor. Bu duyguyu ne zaman özlesem buna sığınıyorum sanırım.

Aniden durdu. Sonra dönüp yüzüme baktı. "Çok tuhaf."

- Neden?

Kaşları çatıktı. Hâlâ düşünüyor gibiydi. "Ben de öyle hissediyorum da o yüzden."

- Öyleyse papatya çayının genel etkisi bu, dedim gülümseyerek.

Bir süre yüzümü inceledi. "Öyle mi gerçekten?"

Bakışlarımı kaçırdım. Başımı sallamakla yetindim. Ona daha fazlasını söyleyemezdim. Sessizce yürüdük, bir banka ulaşınca oturdu. Ben de yanına oturdum. Bakışları yerdeydi. Bakışlarım ister istemez onunkileri takip ediyordu. Sonra aniden aklına bir şey gelmiş gibi bana döndü. Kaçmaya zaman bulamamıştım. Beni ayaklarına bakarken yakaladı. Kafamı sallayıp hemen kendime gelmeye çalıştım. Aramızda gizlilik anlaşması yapmışız gibi bundan söz etmedik.

- Biliyor musunuz? Bu sabah uyandığımda üniformamı aramadım. Burada olduğumu bilerek açtım gözlerimi.

- Çok sevindim, dedim.

Ancak bu içimde kabaran coşkuyu anlatmak için yeterli değildi. Sıradan bir sevinç gibi çıkmıştı ama kendimi bulmuşum gibi sevinçliydim onun adına. Gözlerime sanki neşe yerleşmişti. Bu kadar hızlı yanıt alabileceğimizi düşünmemiştim.

- Papatyadan şüpheleniyorum, dedi.

- Neden böyle düşünüyorsunuz?

- Çünkü sizinle her seansımızda papatya çayı içiyoruz ve ben her seferinde olmam gereken yerdeymişim gibi hissediyorum.

- Anlıyorum. Bu yüzden bana nedenini sordunuz.

- Evet ama çok özel olduğunu zannettiğim bu şey belki de öyle değil. Size de aynı hissettiriyor. Bir bağlantı yakaladığımı düşünmüştüm.

Gülümsedim. Gerçekten ben de ilk ne zaman içtiğimi hatırlamıyordum. Bu duyguyla papatyayı öyle özdeşleştirmiştim ki derininde beni bir anıya bağlıyor olabileceğini hiç düşünmemiştim.

Belki de silinen onca şeyin arasına karışmıştı. Kendimi yeniden düşünmeye zorlayıp çok eski bir ana gittim.

Derme çatma bir kulübenin önündeydik. Ona bakıp sordum. "Neresi ki burası?"

- Gizli sığınağım, dedi.

- Neyden kaçıyorsun ki, dedim. Sustu, bir şey söylemedi.

Sarp bir kayalığın dibinde kim bilir kaç yıl önce terk edilmiş bu yer kimin eviydi? Etrafa bakındım. Alabildiğine uzanan papatya tarlası ortamın kokusunu belirlemişti.

- Burayı nasıl buldun?

- Yeterince yol giden herkesin bulacağı gibi.

Çevreme iyice bakındım. Papatya özerkliğindeki bu yerde bizden başkası yoktu. Böyle bir güzelliğin bu kadar ıssız bırakılmasına şaşırmıştım. İçim huzursuzlandı. Burada başımıza bir şey gelse bizi bulmaları uzun zaman alırdı.

- Çok uzaklaştık. Annemler kızacak.

- Çok şanslısın. Kızacak annen var demek ki. Haydi mızmızlanma da gel. Sana bir şey göstermek istiyorum.

Gözlerimi devirmekle yetindim. Peşinden kulübeye girdim. İçeride örümcekler konaklıyordu. İrkildim.

- Burası çok pis. Çıkalım haydi.

- Ne çok söylendin! Haydi gel.

Girişi aşıp mutfak olduğuna inanmak için kırk delil gerekecek bir yere geçti. Artık işlevselliğini yitirmiş çekmeceyi bir iki zorlamayla çıkarıp ters çevirdi.

- O ne?

- Bilmiyorum. Okumadım. Senin de görmeni istediğim için böylece bıraktım.

- İyi de özel bir şeye benziyor bu. Bakmasak daha iyi.

- Çok merak ediyorum ama...

Gözlerimi devirdim. Çekmeye yaklaşıp bantla tutturulmuş kâğıdı çıkardım. Yaşını belli edecek kadar sararmıştı. Katlı yerleri zamana yenilmeye başlamıştı. Yırtılmasın diye özenle açtım. Yanımda zıplayıp duruyordu.

- Söylesene! Ne yazıyor?

- Yahu sabretsene! Bakıyorum işte.

Baktım. El yazısıyla yazılmıştı. Güçlükle okunuyordu.

- Okuyamıyorum. Şu hangi harf?

- Uff! Ver bana.

Elimden öyle aceleyle aldı ki yırtılmasından korktum. Neyse ki bir zarar görmedi. Elinde bir iki evirip çevirdi. Gözlerini heyecanla bana dikti.

- Bir hikâye bu!

- Ne hikâyesi?

- Aşk hikâyesi işte. Baksana!

Kâğıdı uzatıp başlığın köşesine parmağını bastırdı. Ne yazdığını anlamamı bekleyecek kadar sabredemeyip atıldı.

- Hancının Oğlu ile Çiftçinin Kızı

Bunu ilk kez o an hatırlıyordum. Altı yaşındaydım bu olay olduğunda. Gözlerim hayretle açıldı. Bu nasıl bir tesadüftü? Bu hikâyeyi ilk kez duyuyor gibi dinlemiştim Adal anlattığında. Hâlbuki çok daha önce terk edilmiş bir çekmeceden dinlemiştim onu. Bu şu anda baş edemeyeceğim kadar büyük bir şeydi. Bu yüzden kendimi bu düşünceden sıyırmak adına Edip Bey'e dönüp dalgın bir ifadeyle sordum.

- Görmek istediğiniz biri yok mu? Yalnız olmak zorunda değilsiniz.

Gözlerimin içine bakıyordu. Öyle derindi ki insan maviliğinde boğulabilirdi. Sonra bakışlarını yeniden ayaklarına çevirdi.

- Bu soruya vermek istediğim çok cevap var ama sanırım yalnızlığı seçeceğim.

- Yalnızlığı mı?

- Evet. Söylenecekler susuluyorsa orada bir yalnızlık var demektir.

Kemal Hoca kendi başına kalmanın yalnızlık olmadığını söylemişti. Demek ki konuşulmayanlar da insanı yalnız hissettiriyordu. Belki de benim duyumsadığım yalnızlık buydu.

- Neden susuyorsunuz o hâlde?

- Tam anlamıyla susmuyorum. Bir şeyler söylüyorum aslında. Sadece söylediklerimle söylemek istediklerim arasında kırk kapı var.

- O kırk kapının her birini aralayabilirim.

- Ardında ne olacağından korkmadan mı?

- Belki de bildik, tanıdık şeylerdir.

İç çekti. Bu iç çekmeye eşlik ettim. Bedenim onunkine ayak uyduruyordu her seferinde. Tek kişi gibi düşünüp hareket ediyorduk sanki. Bir bütün gibi... İçim sızladı. Bakışlarında yüzdüm bir süre. Gülümseyip gözlerini kaçırdı.

- Dedem söyleyemediklerini suya anlat derdi. Ben de böyle yapardım.

- Suya mı anlatırdınız içinizdekileri?

Doğruldu. Gülümsüyordu. "Evet. Sonra bunun pek bir faydasını görmediğimi fark ettim."

Yanında oturdukça içimde tarif edilemez bir rahatlığa erişiyordum. Onda tanıdık bir şeyler vardı. Çok garipti bu.

- Artık anlatmıyorsunuz yani, öyle mi?

- Aslında pek öyle denemez. Bir süre başka şeylerle konuştum. Sonra kendi hikâyemden vazgeçtim ve başka hikâyeler anlattım.

Duraksadım. Tüm bedenimle yine o sahilde deniz kabuklarına hikâyeler anlatan çocuğu anımsadım. Güneşin çocuğu gibi duran yüzü tüm berraklığıyla anı dolduruyordu. Havada süzülen varlığı iki adımlık mesafedeydi sanki. Aşina olduğum, sığındığım bu anılar kucaklayıp beni yine ona götürdü.

Yüzüme dünyanın en önemli insanıymışım gibi bakıyordu. Elindeki deniz kabuğunu uzattı.

- Bak bunu Aziz'in teknesinde buldum.

- Teknesinde mi? Orada ne yapıyormuş? Yoksa gezmeye mi çıkmış?

Kıkırdadım. O da güldü.

- Belki de öyle yapmak istemiştir. Balık tutarken Aziz'in ağına takılmış. Ona senden daha iyi bir yuva olamaz, dedi Aziz.

- Doğru söylemiş, dedim.

Gülümsedi. Yanaklarına al düşmüştü. Uzanıp yüzünü okşamayı düşündüm.

- Seni bulduğum için şanslı olduğumu düşünüyor, deyince elim düşüncedeyken bile havada asılı kaldı. Utanmıştım. Bir şey diyemeden öylece bakakaldım.

- İnsan bu kadar çok seveceği birine ömrünün böylesi erken döneminde her zaman karşılaşmazmış.

- Beni ne kadar sevdiğini nerden biliyor ki, dedim kızararak.

Çekinik bir gülümsemeyle konuştu. Sevgi söz konusu olduğunda insan bir kez başladı mı duramazdı zaten.

- Durmadan seni anlattığım için olabilir. Zaten benim için iki tane güneş vardı. Biri tepemde biri karşımda. Tepemdekini herkes bilirdi zaten. Hayatıma bu kadar ışıltı katan diğerinden söz etmeden duramazdım.

Gözlerim ıslandı gözlerinde. Beni çıkabileceğim en yüksek tepeye çıkarıyordu böyle konuşarak. Yolda sayısız dilek dilememe neden oluyordu. Tüm dilekler ona çıkıyordu zaten. Kabul olmaları için onun var olması yetiyordu. Bunları o duymadı.

- Ben de seni seviyorum, dedim sadece.

Bu cümle içimde ona dair biriktirdiğim sayısız cümleyi kucaklayıp sunacak kadar derin ve onu korkutup kaçırmayacak kadar sadeydi. Bu kadar basitti aslında. Ben onu kendi tanımlamalarımla donattığım bir sevgiyle seviyordum. Ondan besleniyor, sonra yine ona akıyordum.

Aziz'in verdiği deniz kabuğunu yeniden çantasına koydu. Ona bir şey verebilmeyi istedim aniden. Beni her daim yanında hissedebileceği bir şey. Ancak ona sunabileceğim hiçbir şeyim yoktu. Ne deniz kabukları ne hikâyeler... hiçbir şey yoktu beni ona hatırlatacak. Hüznümü görüp sordu.

- Neyin var?

- Hiçbir şey.

- Nasıl hiçbir şey?

- Sana verebilecek hiçbir şeyim yok.

Duraksadı. Bakışları gölgelendi. "Ya sevgin? O da mı yok?"

Telaşlandım. "Bunu nasıl söylersin! Seni sevdiğimi az evvel söylemedim mi?"

- Ben de onu diyorum. Bana verebileceğin bir şey var. Kimsenin sen gibi sunamayacağı bir şey o. Sana özel ve senle dolu. Sevgin bu dünyada aldığım en güzel şey.

- Adal... O beni hatırlamana yeter mi ki?

- Dilerim seni hatırlamamı gerektirecek ayrılıklar yaşamayız.

Başımı öne eğdim. "Yine de sana bir şey vermek istiyorum."

Martıların sesleriyle anıdan uzaklaştım. Sonra içtenlikle Edip Bey'e döndüm. Gülümsedim. "Biri vardı," dedim. "Bana onu anımsattınız."

- Hâlâ var, dedi.

- Öyle. Sanki hiç gitmemiş gibi.

- Gidememiş, dedi.

- Öyle mi dersiniz?

- Durum onu gösteriyor, dedi gülümseyerek.

Gülümsedim.

- Şimdi de yapıyor musunuz?

- Neyi?

- Hikâyeleri diyorum.

- Ah, evet. Doğru.

Anlaşılan o sırada o da dalıp gitmişti. Bana dönüp gülümsedi. "İnanın artık bunu ben de ayırt edemiyorum."

- Bana bir hikâye anlatın o zaman.

Dudakları uzun bir çizgi oldu yine. Boğazını temizledi. Sonra arkasına yaslanıp çakıl yatağının öte tarafını izlemeye koyuldu.

- Bu sabah aklıma gelen bir hikâyeyi anlatayım öyleyse.

- Dinliyorum.

- Yaşlı bir balıkçı kıyıya çok yakın bir mesafede teknesini durdurmuş. Bu açıklıkta tutarmış hep balıklarını. Yaşadığı adadan ayrılıp bu yarımadaya ne zaman yaklaşsa içi korkuyla kaplanırmış.

- Neden peki?

- Çünkü o kıyıya çıkıp da insanlarla karşılaşmayı göze alamıyormuş. Onu yargılamalarından, seçimlerini sorgulamalarından korkuyormuş. Ancak onlarla beraber olma isteğini de bir türlü bastıramadığından gelebildiği kadar yakına gelip açıklıkta balık tutuyormuş. Ne cesaret değil mi?

Başımı salladım. "Korkusunun üstüne gitmesi iyi elbette."

- Ancak gerçek şu ki yarımadanın o kıyısında in cin top oynarmış. Ormanın içinden geçip engebeli yolları göze almayan kimsenin pek de uğramadığı bir yermiş burası. Doğru dürüst bir yol uzanmadığı için de araba dahi yanaşmazmış. Birkaç maceracı kamp kurarmış buralara elbette ama hiçbiri balıkçıyla karşılaşmamış.

- Sonra ne olmuş peki?

- Sonra bu ıssız kıyıya daha fazla yaklaşma cesareti göstermiş balıkçı. Onu incitecek kimse yokmuş çünkü. Bir gün güneş battıktan sonra teknesini bu kıyaya yanaştırıp ayaklarını taşlı kumlara basmış. Önce biraz ürkmüş ama kimseler görünmeyince burada sabahlamaya karar vermiş. Bir ateş yakıp tuttuğu balıkları kızartmaya başlamış. Bu sırada ormanın içinden bir çıtırtı duyulmuş. Yaşlı balıkçı bunun bir hayvan olması için dua etmiş ama gelen genç bir çocukmuş.

Daha dikkatle dinlemeye başlamıştım. "İnsanlardan daha çok korkuyormuş yani, öyle mi? Kaçmış mı peki ondan?"

- Hem de çok korkuyormuş. Yine de çocuğu görünce kaçmamış. Öylece kalakalmış. Çocuk yanına gelip önünde durmuş. Ancak balıkçı hiç tedirgin olmamış. İlk kez incinmekten korkmamış. Bunun şerefine olsa gerek balıkçı da balıklarını çocukla paylaşmaya karar vermiş. Konuşmadan geçen bir saatin ardından çocuk balıklar için teşekkür etmiş. Karşılığında da topladığı tüm deniz kabuklarını balıkçıya bırakıp gitmiş.

Yerimde doğruldum. "Adı neymiş bu balıkçının?"

Dönüp gülümsedi. "Adnos."

- Adnos mu?

Başını salladı.

- Bu balıkçıyla bu çocuk zaman zaman bir araya gelir miymiş?

- Gelirmiş tabii. Peşinde bir sürü çocukla zaman zaman ziyaret edermiş yaşlı balıkçıyı.

- O da orada çadır kurar, sabırsızlıkla gelmelerini beklermiş değil mi?

Bakışlarını üzerime dikip yamuk bir gülümseme sundu bana.

- Bu hikâyeyi siz de biliyorsunuz.

- Avucumun içi gibi....

Aniden ayağa kalkıp hızla yürümeye başladı. Peşinden fırladım. Kolundan yakalayıp onu durdurdum. Kalbim düşüncelerimle yarışırcasına hız kazanmıştı. Onu kendime çevirdim. Önünde eğildim. Oturduğumuzdan beri gözüme takılan açık bağcıklara uzandım. Sımsıkı bağlayıp en sonunda düğüm attım. Artık açılmasına imkân yoktu. Genç kız edasıyla gülümsüyordum. "O bağcıklarla yürürsen başına çok iş açarsın."

Ayağa kalkınca göz göze geldik. "Biliyordum." dedi.

Sesi kulaklarımı okşuyordu. Özlem tüm tazeliğiyle yeniden gün yüzüne çıkmıştı. Hayretle ama bir o kadar da hasretle soludu. Elleri ellerime uzandı.

- Sen osun.

Başımı salladım. Parlak bir güneş gibi hissediyordum.

- Hatırlıyorum.

- Senin aslında kardeşin yok, dedim.

- Evet. Yok.

- Ya ailen?

- Şimdi kavuştum.

Veda ettiğim onca şeyden sonra bir kavuşma beklemiyordum. Ancak beklenmedik şeylerin gerçekleşmesi mutluluğuyla sarhoş olmanıza engel değildi. Dalgaların kıyıya fırlatıp attığı bir balık gibi çırpınıyordu kalbim. Bunca zaman benden vazgeçtiğini düşünerek yaşamıştım ama o tüm zihnini sıfırlayıp yeni hikâyelerle doldurmasına rağmen beni bulabilmişti.

- Seni çok bekledim ben, dedim fısıltıyla.

- Seni çok aradım, dedi.

Ellerimden tutup az evvel kalktığımız banka çekti beni. Yan yana otuyorduk yine. Ancak bu sefer onun benim Adal'ım olduğundan emindim. Başımı alıp omzuna yasladı. Sanki birkaç günlük ayrılık gibi geliyordu. "Anlat bana," dedi "nerelerdeydin?"

Günün nasıl geçti, gibi sormuştu o da. Bu kavuşma sanki tüm açığı kapatıyordu.

- Sen gittikten sonra buraya yerleştim. Çok zordu senden ayrı kalmak. Vedalaşamamıştık bile. Kemal Hoca ile seanslara burada devam ettim. Biliyor musun, babam hiç dönmedi.

Dönüp yüzüme baktı. Bir şey sormasına izin vermek istemiyordum. Bu yüzden kararlılıkla devam ettim.

- Ben de buradan çıkıp bir yatılı okula yerleştim. Uzun bir süre yalnız başıma idare ettim. Hem çalıştım hem okudum. Sonra üniversitede yeniden Kemal Hoca ile karşılaştık. Yurtdışında doktorayı tamamlar tamamlamaz da beni yanına aldı. Kendi odasını verdi.

Dönüp yüzüne baktım. İçimde hep o soru dönüyordu. Daha fazla bekleyemezdim. Sıradan bir soruymuş gibi "Benim için dönmek hiç aklına gelmedi mi peki?" dedim.

- Döndüm elbette. Seni görmeden, iyi olduğundan emin olmadan edemezdim. Dedem oraya vardığımız günün akşamında babamın öldüğünü söyledi. Bir süre evin içinde garip bir hava soludum. Çıldıracak gibi oluyordum. Dönmeme müsaade etmiyorlardı. Ancak sonra polisle konuşmalarından babamın aslında öldürüldüğünü öğrendim.

- Biliyorum. Çok üzgünüm. Çok iyi biriydi. Kim ona böyle bir şey yapmak ister anlamıyorum.

Sessiz kaldı bir süre. Sonra yutkunup kararlılıkla konuştu.

- Efil, babam iyi biri değildi.

- Nasıl değildi?

- Değildi işte. Annemi de beni de döverdi. Etrafa iyilikler saçan adam eve gelince canavara dönüşürdü. En ufak şeyde hemen ortalığı yıkıp geçerdi. Saklandığımız yerde bizi bulurdu. Öfkesi yatışana kadar güvende olmazdık. Bir hata yapmama dahi tahammülü yoktu. Aniden parlar, bana en ağır cezaları verirdi. Uzun bir süre vücudumda morluklarla gezdim. Belki bana kızacaksın ama öldüğünde çok büyük bir rahatlama hissetmiştim.

Ellerini sıkı sıkı tuttum. "Adal... Bilmiyordum. Ah, gerçekten bilmiyordum."

- Nereden bilebilirdin ki? Sana hiç söylemedim. Sen de korkarsın diye söyleyemedim. Sensizliğe hazır değildim. Seni bir kez bulmuşken kaybedemezdim. Ben de onu ve izlerini köşe bucak saklamaya çalıştım. Ancak bir gün Adnos gördü.

- Aziz yani?

Güldü. "Aziz."

Durdu. Tekrarladı. "Aziz... Onu suçladılar. Evet, şimdi hatırlıyorum."

- Ne yazık ki...

- O yapmış olamaz. Babamın gerçek yüzünü gören tek kişi o ama eminim o yapmadı.

Düşündüm. O noktadan bu aşamaya nasıl gelmişti? "Beni aramak için ne zaman döndün?"

- Seni bulmak için evden kaçıp geldim ama karavanınız her zamanki yerinde yoktu. Hiçbir iz bulamadım. Sizi sorabileceğim tek bir kişi bile tanımıyordum. Sonra Aziz'i bulmaya gittim. Bana bir not bırakmış olacağını umuyordum ama o sırada cezaevine götürüldüğünü öğrendim. Ne yaptıysam onun suçsuz olduğuna kimseyi inandıramadım. Ben böyle çabalarken bir şekilde suçsuzluğu ispatlandı ama çıkacağı gün kalp krizi geçirdi. Ben de bunca şeyden sonra dedemlere dönmek istemedim. Askeri okula kaydolmak istediğimi söyleyip yanlarından ayrıldım.

Bu sırada üzerimize bir gölge düştü. Başımı kaldırıp baktım ama güneş gözümü alıyordu.

- Sonunda kavuştunuz ha, dedi gelen kişi.

- Hocam?

- Bu kadar uzun sürmesine ben de şaşırdım doğrusu, deyip gülümsedi Kemal Hoca.

- Biliyordunuz. Biliyordunuz ve o yüzden onu buraya getirdiniz.

"Evet," deyip yanımıza oturdu. "O kadar üzgündün ki bir anda içine kapandın. Onu bulursam sana iyi geleceğini düşündüm. Bu yüzden onu aramaya karar verdim. Dedesine ulaştığımda evden kaçtığını söyledi. Sonra buraya gelmiş ama benim o sırada ilgilenmem gereken başka bir şey vardı."

Şaşkınlıkla söylediklerini dinliyorduk. Anlamlı bakışlarımı yakalayınca güldü. "Evet, bunu kastediyordum. Kendi çırpınışlarınızla uçmalıydınız. Şimdi tam zamanı. İkinizi de özgür bırakacağım sonra."

- Ne demek oluyor bu?

Adal soluk soluğa kalmıştı. Gerçeklerin düşündüğümüzden çok daha farklı olduğunu duymaya benim kadar hazır değildi anlaşılan. Ben gerçeğin benimkinden farklı olarak oralarda bir yerlerde olduğunu bilerek büyümüştüm. Ancak Adal'ın kopukluklarda dolu yaşamında beni buna hazırlayacak kimse olmamıştı.

- Seni bulduğumda görev gereği farklı bir kimlik taşıyordun Adal. Sıradan bir ailenin çocukları gibi davranıyordunuz görevi paylaştığın arkadaşınla. Bunu tabii sonradan öğrendim. Travma sonrası stres bozukluğu yaşıyordun ve o anki kimliğine fazlaca tutunmuştun. Seninle ilgilenmemi isteyen arkadaşımdan hikâyeni öğrenince hemen tanıdım seni ama bunu Efil'e bir müjde gibi ulaştıramadım. Çünkü hatırlanmamak onu daha çok incitebilirdi. Bu yüzden her şeyi akışına bırakmaya karar verdim. Birbirinizi hatırlayacağınızı umarak dosyanı Efil'e atadım. Tabi önce gerçek kimliğini açık edecek tüm bilgileri çıkardım dosyandan. Böylece hatırlamıyor olman onu yaralamayacaktı. Birlikte başarmalıydınız bunu.

Ne hissedeceğimi kestiremiyordum. Bunca zaman ben de aslında akışına bıraktığını düşünmüştüm Kemal Hocanın ama aslında o bile farkında olmadan benim için savaşmaya devam etmişti. Ben vazgeçtiğim zaman bile o benim hikâyemden vazgeçmemişti. Ancak bunları benden sakladığı için yine de kızgındım ona. Çok kızgındım hem de. Adal'a baktığımda her zamankinden daha çok karışmış gibiydi aklı ve yüzü.

- Peki ya Aziz? Onu ararken beni görmedin mi? Diye sordu Adal.

Hüzün karbondioksit gibi ciğerlerimizi yormaya başlamıştı. Kemal Hoca hüzünle konuştu.

- Ne yazık ki görmedim. Çünkü Efil'in babasını arıyordum. Zaten seni bulduğum gibi Efil'e getirmeye kararlıydım. Sonunda gitmek istesen bile sizi karşılaştıracaktım. Bunu göze almıştım. Efil'in hayatında önem verdiği kişilere veda etme şansı olmamıştı hiç. Bu kez vedalaşabilmeliydi. Buna ihtiyacı vardı.

Adal'ın omuzları düştü. "Gitmezdim. Bir an olsun yanından ayrılmazdım."

Olayların böyle gelişmesi ne acıydı. Bundan çok daha önce, acıdan ve özlemden evvel kavuşabilirdik. Son noktayı her zaman kader koyuyordu. Kimi ben gibi derdine yanar, kimi de şansıyla dalga geçerdi. Kendimi haksızlığa uğramış gibi hissediyordum.

Birden zihnimde bir şimşek çaktı. Aniden bakışlarım Kemal Hoca'ya döndü. "Babamı mı dediniz siz?"

- Evet küçüğüm. Birazdan anlatacaklarım ikiniz için de hazmetmesi kolay şeyler olmayacak.

Adal ile birbirimize baktık. Yeterince sancılı olmuştu her şey. Bizi bekleyenlerin daha yıkıcı olmasından endişe ediyordum. Aklıma bin bir türlü şey geliyordu.

- Beni korkutuyorsunuz!

Elime uzandı.

- Baban kaçtı. Çünkü...

- Çünkü?

Sesinde sakin bir tona inmeye çalıştığını fark ediyordum.

- Çünkü Adal'ın babasını öldürmüştü.

İkimiz de tepkisiz kaldık. O anın gerçekliğini idrak etmem epey zamanımı aldı. Zihnime aniden sorular doluştu. Bu bizim için ne demek oluyordu? Adal bu yüzden yeniden beni bırakır mıydı? Dönüp yüzünde bir cevap aradım. Ancak ifadesizdi. Kemal Hoca devam etti.

- Bu sizden önce başlamış bir şey. Nasıl anlatılır bu, bilmiyorum. Annenin ölümü aslında hatırladığın gibi değil.

-Bunu daha önce duymuştum, dedim. Serzeniş gibi çıkmıştı kelimeler ağzımdan.

- Annenle baban uzun bir süre burada yaşamışlar.

Bulanıklaşan zihnim konsantre olmama engel oluyordu. Karavanla gelirken defalarca annemi sorduğumda babamın aklına bunu söylemek gelmemiş miydi yani? Sustuğu onca şey beni boğazlıyordu. Benim üzerimde hâlâ bu kadar etkili olmasına şaşıyordum. Bunu duymak zorundaydım. Kemal Hoca'nın bana bunu açıklaması lazımdı.

- Nasıl yani? Daha önce burada yaşamışlar da ne demek?

- Sadece onlar değil, sen de burada yaşamışsın. Sildiğin anıların çoğunda buradaydınız. Bunları hatırlamamayı tercih ettin çünkü gördüklerin aşılması kolay şeyler değildi.

Hırsla soludum. "Hocam söyleyin. Söyleyin de bitsin artık bu işkence."

Gözlerini yumdu. Derin bir nefes aldı. Adal da ben de tüm bu konuşmalara anlam vermeye çalışıyorduk.

- Adal'ın babasıyla annenin bir ilişkisi varmış. Baban bunu öğrenmiş ve annenle yüzleşmiş. Annen de pişman olduğunu söyleyip ilişkiyi bitirmek istemiş. Ancak Adal'ın babası bunu kaldıramamış. Öfkesine yenik düşüp bir gün sen annenle evde yalnızken içeri gizlice girip anneni vurmuş, dedi bir çırpıda.

Yara bandını çeker gibi söylemişti bunu. İlk başta hiçbir şey hissetmedim. Sonra beni kemiren derin bir acı başladı. Zor nefes alıyordum. Ayağa kalkıp oradan uzaklaşmak istedim. Kemal Hoca'nın ellerinden kurtulup kendimi çakıl yatağına attım. Saklanabileceğim bir yere kaçmak için hızla gidiyordum ama aniden durdum. Annem her zamankinden daha canlı bir hayalle karşımdaydı.

- Anne?

Gözlerimden yaşlar oluk oluk akıyordu. Bakışları beni delip geçmiyordu. Yargılamıyordu. Soru sormuyordu. Öylece durup bana bakıyordu. İçimi derin bir korku kapladı.

- Seni suçladığım için, beni isteyerek bıraktığına inandığım için özür dilerim. Anne çok özür dilerim.

Siluetlere sarılamazdınız. Ancak onun şefkatine her zamankinden daha çok ihtiyaç duydum. Dizlerimin üstüne çöktüm. Başımı okşayıp "Geçti. Ben artık burdayım." demesini çok istiyordum. Ölmemiş olmasını, çevirmeli defterler yığınının önünde onunla konuşmayı çok ama çok istiyordum. Boşlukta asılı kalmayı ve kokusunu unutmayı kendime yediremiyordum. Sonra bir anda her şey gün gibi belirginleşti. O gün yeniden canlandı.

- Anne bak, buldum.

Gülüşü birden silindi. Bakışlarını kaybettim. Annemin sesini duydum. "Artık seni görmek istemiyorum." Nereye baktığını görmek için arkama döndüm. İri yarı bir adam koridorda durmuş, anneme silah doğrultuyordu. Beni görünce üstüme yürüdü. Tezgâhtan kese kağıdını alıp içindeki meyveleri yere döktü. Korkunç bir yüzü vardı ama hâlâ üzerime geliyordu. Yanıma iyice yaklaştı. Annemin çığlığını duydum.

- Dokunma kızıma! Bitti. Neden anlamak istemiyorsun?

- Kapa çeneni. Senin de sıran gelecek.

- Kızıma dokunma. Lütfen!

Annem çığlık çığlığa bağırıyordu. İleri atıldı ama o sırada görüşüm kesildi. Kulaklarımı acıtan bir patlama sesi duyuldu. Kafamdakini fırlatıp attım. Bu, annemin pazardan meyve taşıdığı kese kağıtlarındandı. Kulaklarımdaki çınlama sesleri duymama engel oluyordu. Gücüm yettiğince bağırdım. "Anne?"

Gürültülü ayak sesleri uzaklaştı evin diğer ucunda. Bir anlığına koşuyormuşum gibi hissettiren o telaş silindi. Sığınmak istiyordum.

Annemin kollarına ulaşıp yeniden güvende hissetmek istiyordum. Döndüm. Annemin olduğu yere bakınca onu yerde buldum. Sırt üstü uzanmış gibi duruyordu. Yanına koştum.

- Anne? Kalk! Niye burada yatıyorsun?

Sağa yatmış başını çevirmek istedim. Böyle uyudu mu hep boynu tutulurdu. Başını çevirince oluk oluk kan utanmazca yeri ıslattı. Kalbimden ağzıma bir korku yükseldi. "ANNEEE!"

Babam koşarak bahçe kapısından içeri girdi. O alana kadar fark etmediğim silahı ayağıyla itip çok sevdiği ceketinin kirlenmesini umursamadan kıpkırmızı ellerimi göğsüne bastırdı. Bir daha artık benimle konuşmayacak olan anneme şimdi son kez beraber bakıyorduk. O adamın kim olduğunu sormak aklıma gelmemişti.

Babamın sarılışından beni koparan Adal oldu. Titreyen vücudumu olanca gücüyle sarıyordu şimdi. Annemin durduğu yerde de Kemal Hoca bana bakıyordu. Sancılı bir ağlamayla konuştum. "Hatırlıyorum."

Tırnaklarım göğsüme batıyordu. Yüreğimi sökmek istercesine çırpınmıştım. Adal kendi acısını az evvel kalktığı bankta bırakmış gibi acımı emmeye çalışıyordu. Bir sünger edasıyla ne varsa içine çekmek ve beni hafifletmek istiyor gibi sımsıkı sarılıyordu.

- Seni görünce hâlâ burada yaşadığınızı anladı. Benim yüzümden öldü baban. Özür dilerim. Adal çok özür dilerim.

Şimdi mümkünmüş gibi daha sıkı sarmaya çalışıyordu beni. "Böyle söyleme!"

Sesi çok cılız çıkmıştı. Titrek kelimeleri arasında kırgınlıkları okuyabiliyordum.

- En az senin kadar dehşet içindeyim ama sakın böyle söyleme. Babamın bize yaşattıklarından sonra kaçan annemin aksine annen senin için kalmak istemiş. Kaçsaydı o da yaşıyor olurdu. Kaçsaydınız herkes yaşıyor olurdu. Babamdan başka kimseyi suçlamıyorum ben. Niye ceza almadı?

Kemal Hoca bir kere başlamışken duramayacağını bilmeliydi. Adal çok kararlı sormuştu.

- Efil'in babası silahta parmak izi olmadığı için delil yetersizliğinden bıraktıklarını söyledi. Anlaşılan silah ruhsatsızmış. Kayıtlı olmadığı için başka delil aramaya başlamışlar ama sonuç vermemiş.

Bana döndü.

- Bu yüzden baban oralarda duramamış ve seni alıp gitmiş. Efil, bunları sana anlatabilmeyi çok isterdim ama bildiklerin bile seni sarsmaya yetmişti. Hepsinden önce doktorun olarak buna izin veremezdim. Haydi içeri girelim. Biraz sakinleşirsiniz.

Özürler duymak istemiyordum. Bahaneler istemiyordum. Gerçeklerden başka bir şey duymak istemiyordum.

- Hayır. Tamamını duymak istiyorum. Babam nerede?

Kemal Hoca içini çekti. Adal da benim gibi gözlerini ona dikmişti.

- Buldunuz mu onu?

- Bir gün babanı Adal'ın babasıyla tartışırken gördüm. Ayırmak için aralarına girdiğimde o kişinin kim olduğunu anladım. İkisini de evlerine gönderdim ama anlaşılan sonra tekrar karşılaştılar. Seni getirdiğinde ona bunu sordum. Tek kelime etmedi. Sadece sana iyi bakmamı istedi. Şüphelinin tutuklandığını öğrenince oraya gittim. Bir ihtiyacı olabileceğini düşünmüştüm. Durumunu öğrenmek istiyordum. Ancak polislerle görüştüğümde tanımadığım birini tutukladıklarını hemen anladım. Yanıldığımı düşünüp buraya döndüm. Hatta babanı suçladığım için kendimi kötü hissettim. Sonunda baban uzun süre gelmeyince karavana gitmeye karar verdim. Ancak orada kimse yoktu. Tekerlek izi bile kalmamıştı geride. Tutuklanan kişiyi tanımıyordum ama olanlardan sonra gördüklerimi anlatmam gerektiğini düşünüp ifade vermeye gittim. Uzun bir süre onu her yerde aradılar. Ancak baban kaçıp saklanmayı başarmıştı.

- Bu yüzden zavallı Aziz harcandı. Onu asla affetmeyeceğim. Asla!

Ayağa kalkıp binaya doğru yürüdüm. Odama geçip sadece biraz yalnız kalmak istiyordum. Koşarak içeri girip sert bir rüzgarla kapıyı kapattım. Deli gibi odanın içinde dönüp duruyordum. Burada yokken bile hayatımın tüm anlamını tüketmeyi başarıyordu. Bu kez de Adal'la beni ayırmayı başaracaktı. Soluğum kesildi. Boğuluyor gibi hissediyordum. Bu kadarı gerçekten artık çok fazlaydı!

Bir anda kapı tıklatıldı. Öfkeyle kapıya baktım. Babam gelmiş de kapıyı yumrukluyormuş gibi tahammülsüzdüm.

- Yalnız kalmak istiyorum, diye bağırdım.

Geri dönüp pencereye yürüdüm. Bu oda birdenbire küçücük gelmeye başlamıştı. Pencereyi açıp nefes almak istedim ama kapı aniden açılınca irkildim. Bunca zaman yalnız kalmamak için mücadele verirken yalnız bırakılmıştım. Şimdi niye aynısını yapmıyorlardı?

- Yalnız kalmak istiyorum, dedim bu kez daha kısık bir sesle.

İçeri biri girdi. Duruşu dikti. Adal'dı bu. Tüm denizlerin güzelliğini çalan masmavi gözleriyle kapıda kararlılıkla bana bakıyordu. Emin adımlarla yürüyüp yanıma ulaştı. Titreyen ellerimi avuçlarının içine aldı. Gözlerime bakarak "Bunca zaman zaten yalnız değil miydin?" diye sordu. "Yalnızdım," dedim kırık sesimle. Yutkundum ve devam ettim.

"Yalnızdım; çünkü sen vardın!"[1]

İşte tüm hikâyemi özetlemişti bu söz. "Yalnızım; çünkü sen varsın..." diye tekrarladım içimden. Yalnızım çünkü bunca zaman yerine kimseyi koyamadım. Yalnızım çünkü canım yanar diye kimsenin yaklaşmasına izin vermedim. Işığı bir dönemimi aydınlatmış ve bana başka türlü yaşamayı öğretmiş, yana yakıla beni çağıran bu adama bakakaldım. Bir kelebeğin narinliğini benimsemiş kalbim çaresizlikle bekledi bir süre. Kafamın içinde aşıklar atışıyordu. Şirâzî dedi "Aşka uçma kanadın yanar." Ürktü yüreğim. Yalnız uçmaya alışmıştı. Gitme, yanarsın diyordu. Sonra Mevlâna itiraz etti. "Aşka uçmazsan kanat neye yarar?" Gülümsedim. Aral'ın engin denizlerine daldım. Olmak istediğim daha iyi bir yer yoktu. Kanatlarım ona uçmak için sabırsızlanıyordu. Zaten ne demişti Yunus Emre? "Aşka vardıktan sonra kanadı kim arar!"

Gözlerim gözlerindeki denizde nereye gittiği bilinmeyen bir sandal gibi salındı. Yatışan soluğum onunkine yaklaştı. Yutkunup bana dokunmasına izin verdim. Başımı göğsüne yasladı. Bu tüm kötü şeylerin bizden bağımsızlığına işaret ediyordu. Hâlâ temizdi sevgimiz. Her şeye rağmen kirlenmemişti. Bizi ayırmayı başaramamıştı. Kulağıma eğilip fısıldadı.

- Hancının oğlu ile çiftçinin kızı sonsuza dek mutlu yaşamışlar.

---

1 Kahraman Tazeoğlu'un "Yalnızım Çünkü Sen Varsın" şiirini kendi sesinden dinlemek için yandaki QR kodunu okutabilirsiniz.

Defalarca kırılmış bir
kalbin tecrübesiyle
seviyorum seni.

ONUNCU BÖLÜM

Düşmanlıkların unutulduğu o sofrada oturup güneşin tatlı yakıcılığına bıraktık kendimizi. Elleri ellerimdeyken genç bir kızın heyecanını içimde taptaze tutuyordum. Soluğum bu aşkın diriliğini ispat etmek istercesine kesiliyor ve ona her bakışımda bir anlığına yaşamayı unutan kalbime kendini hatırlatmaya çalışıyordu. Bu anı yeniden yaşamayı ne çok düşlemiştim. Artık olmayacağından endişe ettiğimden bu düşlerden vazgeçmiş ve başka hayatlardaki düşleri yaşatmaya çalışmıştım. Dönüp güneşin öptüğü çilli yüzüne baktım. Derin bir nefes alıp başımı Adal'ın omzuna yasladım.

- Onu özlüyor musun?

Dalgındı. "Kimi?"

- Babanı.

- Hayır.

- Emin misin?

Sesi her zamankinden daha kararlı çıktı.

- Eminim. Annemin bir yerlerde artık gelip onu bulacağından endişe etmeden yaşadığını bilmek güzel.

Canım acımıştı. Yanı başımda acı çekerken fark etmediğime inanamıyordum. Bunun için içimde ağır bir suçluluk duygusu vardı.

- Babanın sana, yani size kötü davrandığına inanamıyorum. Bunu benimle paylaşamadığın için çok üzgünüm.

- Önemli değil. Bilmemen daha iyiydi. Annem ölümden döndüğü bir gecenin ardından kaçıp gitmişti. Sadece beni neden almadığını bilmiyorum.

Düşündüm. Eğer öyle kötü bir geceyse babası kolay kolay yatışmamış olabilirdi. Annesi kaçarken onu almayı düşünmüş ama yakalanmış olabilirdi. Bu yüzden onu almadan kaçmıştı belki de.

- Belki alamadı, dedim.

- Muhtemelen ama içimde bir yerde bir korku var.

Dikkat kesildim. "Nasıl bir korku?"

- Ya annem kaçamadıysa?

Yerimde doğruldum başımı ona çevirdim. Benim de kalbime korku sızmıştı. "Adal?"

- Ya tam kaçarken yakalandıysa ve senin annenin başına gelen benim annemin de başına geldiyse?

Telaşa kapıldım. Onu bu düşünceden uzaklaştırmak istiyordum ama çok çaresizdim. Bir kez söyledikten sonra zihnim bu ihtimali daha olası buldu. Yine de bir şeyler geveledim.

- Adal böyle düşünme lütfen.

- Elimde değil. Beni almadan gitmesini başka türlü açıklayamıyorum. Bu zamana kadar bu aklıma hiç gelmemişti ama Kemal

Bey olanları anlattığından beri bunu düşünüyorum. Kaçsa bile dönerdi mutlaka.

Bir şeyler yapmalıydım. Birlikte olduğumuz süre boyunca bana anlatamadığı şeylerin suçluluğunu geride bırakıp bu kez bir şeyler yapmak istiyordum. Umutlu görünüp heyecanla atıldım.

- Haydi onu arayalım. Bu korkuyla yaşayamazsın. Onu bulalım ve iyi olduğundan emin olalım.

Çabam duvarlarına çarpıp düşer gibi oldu.

- Babamın öldüğünü duyup geri gelirdi öyle olsa. Artık beni istemiyor olma ihtimaline bile razıyım galiba.

Kollarımı boynuna dolayıp ona sımsıkı sarıldım. Annesizliğin, terk edilmişlik hissinin ve son olanların verdiği karmaşanın içinden ancak böyle çıkabiliyordum. Onun da benden güç almasını, ona iyi gelmeyi istiyordum. Babalarının hırçınlığının gölgesinde büyüyen iki genç değildik nihayetinde. Artık ayağa kalkmalıydık. Dikkatini dağıtmak istedim.

- Dilek dileyelim mi?

Muzipçe gülümsedi. "Şeytandan mı?"

Kıkırdadım. "Gel benimle!"

Ayağa kalkıp dilek ağacına doğru yürümeye başladık. Tesadüfleri düşünmeden edemiyordum. Aynı yerde birbirimizi arayıp bulamamak çok tuhaftı.

- Bunca zaman aynı gökyüzüne bakıp, aynı havayı solumuşuz. Etrafımızda dönüp durmuşuz ama karşılaşmamışız.

- Kaderin bize garezi neydi bilmiyorum ama bizi karşılaştırmamaya yemin etmiş.

Güldüm. "Sonsuza kadar değil ama!"

- Öyle ama seninle olamadığım her an kayıp benim için.

İç çektim. Dönüp omuz başına bir öpücük kondurdum. Sonra başımı omzuna yerleştirdim. Tepeden aşağı inerken ağacı görebiliyorduk. Bir süre sadece nefeslerimiz sohbet etti. En sonunda Adal dalgın dalgın konuştu.

- Senin burada olduğunu bilseydim bir an bile yanından ayrılmazdım. Efil, öyle bir zamanda gelmiştin ki sen, bana yaşamak için sebep verdin. O zamanlar ben ölmek istiyordum ama sen bana hayatmışım gibi gülümsüyordun. Seni tanıdığım an bu gülümseme için yaratıldığımı anlamıştım. Tüm bu olanlar bizi ayırdı. Bir an her şey tepetaklak oldu. Sensiz çok soluksuz kaldım, inan. Anlamını yitirdi her şey. Hayatımdaki en zor şey seni geride bırakmaktı. En çok da seni kırgın bırakmak...

Elbette çok kırılmıştım. Beni öylece bırakıp gitmesine, özlemlerimi bir defter ve deniz kabuğuyla bastırmaya çalışmanın acınasılığına ve en çok da dönmemesine kahrolmuştum. Yeniden yalnız olduğuma ve bunca susuşa kırgındım. Ancak şimdi onun omuzundan yeniden dünyaya bakınca kendimi bu ilişkiye daha çok ait hissediyordum. Sanki şu noktaya gelebilmek için yaşamak zorundaydı onları. Bizi pişirmiş ve sahip olduğumuza sahip çıkma konusunda eğitmişti zaman. Tüm bu yaşadıklarımızdan sonra ondan da kendimden de daha çok emindim.

- Adal, defalarca kırılmış bir kalbin tecrübesiyle seviyorum seni. Hâlâ... Biliyor musun? Seninle bankta otururken bir şey hatırladım.

Dönüp sordu. “Neyi?”

- Papatyaların anlamını.

- Öyle mi, dedi heyecanla.

- Evet. O zamanlardan seni hatırlıyorum. Burada yaşarken birkaç defa beraber oynamıştık. Sonra bir gün beni alıp ıssız bir yere götürmüştün. Sarp kayalıkların dibinde derme çatma bir kulübe vardı. O kadar eskiydi girmek istememiştim. Ancak papatya tarlasının ona inat tazeliği beni çok etkilemişti.

- O sen miydin?

- Evet, dedim gülümseyerek.

- Papatyalar... Bunu tamamen unutmuşum. Sadece senin yanındayken kendimi ne kadar iyi hissettiğimi hatırlıyorum. Evimde hissetmediğim kadar iyi...

- O kokunun ikimizi de o ana götürdüğünden eminim. Bana ne gösterdiğini hatırlıyor musun?

Gözleri fal taşı gibi açılmıştı. "O hikâye..."

- Evet. Bana anlattığın hikâye aslında birlikte okuduğumuz ilk hikâyeymiş.

Gözlerime baktı. Öyle yoğunlaştı ki maviliği panikledim. Hüzünle karışık bir şey vardı bu bakışlarda. "Seni birden fazla kaybetmişim demek." dedi.

- Sahi seni neden bir daha görmedim?

Başını öne eğdi. "Babam eve geç geldiğim için bana çok kızdı. Açıklamama bile izin vermeden kollarımdan beni sandalyeye bağladı. Annem babama engel olmaya çalıştı ama bu onu daha çok kızdırdı. Sandalyeyi kırıp ayağını yerinden çıkardı. Bununla anneme vurmaya başladı. Annem ölecek diye düşündüm o zaman. Annem benim yüzümden ölecek. Ölmedi. Çünkü annem o gece kaçtı."

Bu sırada ağacın önünde durduk. Duyduklarıma inanamıyordum. Bunca şeye nasıl dayanmıştı? Hüznünü silmek için sımsıkı sarıldım.

Hep birlikte olmak istediğim için dilek dilemiştim ama kader bizi ayrı düşürmek için elinden geleni yapmıştı. Ağaca baktım. Birden bir şey fark ettim. Dileklerimizi astığımız dal şimdi bomboştu. İkisi de rüzgâra kapılıp bizi buluşturmuş olmalıydı. Neşeyle gülümseyip Adal'ı o yöne çevirdim.

- Adal?

- Gördüm.

İkimiz de birer adım atıp ağaca yaklaştık. Tek tük dilekler asılıydı hâlâ. Hepsi zamanını bekliyordu. Kemal Hoca haklıydı. Bazı heveslerin günü daha gelmemişti. Adal'a döndüm.

- Haydi bir dilek daha dileyelim.

- Olur, dedi.

Ağaca asacak bir şeyler aradım ama yoktu. Bu sırada Adal elini cebine atıp bir şey çıkardı. Bu bir fulardı. Çok ama çok tanıdık bir fular.

- Adal... Bu?

- Evet. Senin fuların.

- Sende ne işi var?

Şaşkınlıkla havada süzülen fuları izliyordum.

- Seni o kadar çok aradım ki sonunda bulamayınca kahroldum. En kötüsü de bana senden hiçbir şey kalmamıştı. Bana bunu söylediğin günü hatırladım. Kendime kızdım. Senden bir şey almadığım için kendimi suçlayıp durdum. Sonra son bir kez Şeytan Sofrası'na çıkmak istedim. Yolda giderken ağaçta sallanan fularını gördüm. Sana kavuşmuş kadar sevinçle doldu içim. Koşup hemen ağaçtan çözdüm. Kokun kalmıştır diye koklayıp durdum ama çoktan uçmuştu. O zamandan sonra nereye gidersem bu fuları götürdüm.

- Ama beni unutmuştun? Hâlâ sende duruyor.

- Evet. Doktorlar eşyalarımı teslim ettiğinde içinde bu fular da vardı. Defalarca kendime bunun nereden geldiğini sordum, hatırlamaya çalıştım. Tek hissettiğim şey bunu yanımdan ayırmamam gerektiğiydi.

Güldüm. "Dileğimi çaldın yani?" dedim.

Güldü. Sonra ağaca yaklaşıp beni yanına çağırdı. Yanına gidip öylece durdum.

- Ee, kimin dileği olacak bu?

Elime uzanıp tuttu. Fuların bir ucunu bana verdi. "İkimizin..." dedi.

Gülümsedim. Tek bir kişi gibi dileğimizi ağaca bağladık. Fular iki ucundan ağacın dalına sarılıyor gibi görünüyordu. Geri çekilip bu görüntüyü izledik. Fular bir dilekten çok daha fazlasını temsil ediyordu şimdi. Adal saçlarımı öptü. Sonra gökyüzüne baktı. Güneş tenimizi artık yakmıyordu. Bana döndü mutlulukla.

- Sabrımın apoletleriydi göğsümde taşıdığım tüm küfürler.

Bakışlarıyla buluştum. Masmavi gözlerinin içinden ruhuna uzanmışım gibi huzurluydum. Yaptığı her şeyde sevgiyle doluyordum. Gülümsedim.

- Bu ne şimdi?

- Şiir.

- Ee... Bu kadar mı?

Alınmış gibi geri çekildi.

- Aşk olsun! Ben her buluşmamızda okuyordum sana bunu.

Güldüm ama gözlerimde şüphe vardı. "Hayır, okumuyordun."

- Hatırlamıyor musun gerçekten?

Sorgular gibi baktım.

- Tamam, tamam. Hepsini değil de işte her görüştüğümüzde başka bir dizesini söylüyordum.

Gözlerimi kırpıştırdım. Yine beni şaşırtmayı başarmıştı. Dediği gibi bana söylediği dizeleri hatırlamaya çalıştım. Anıları deştikçe her gelişimizde bana söyledikleri gün yüzüne çıkıyordu. Zaman zaman söyleyip de anlam veremediğim şeyler vardı elbette. Şimdi bunlar alt alta yazılır gibi bir bütün oluyordu. Adal gözlerimin içine baktı. Alt alta yazılmış şiiri sanki benim gözlerimden okuyordu.

"Sabrımın apoletleriydi
Göğsümde taşıdığım tüm küfürler"
Sensiz de büyürüm vazgeçilmez değilsin
Göğüs kafesine ağır gelen
Aynalardan çaldım seni
Suçumun apoletleri
Öykümün döşüne çakılı halbuki
Kayıp bir adres sessizliği ile avuçladım yanağının solunu
"Ki beni bir tek sen kandırabilirsin"

Sensiz de büyürüm vazgeçilmez değilsin
Yokluğunda kelimeler yıkılmasa düşmezdim
Yokluğun da kemirecek beni
Varlığın da biliri
Uyurken kolaydı kaçırmak aklımdan seni
Gündüzler geceye yatırılmıyor oysaki

Sensiz de büyürüm vazgeçilmez değilsin
Kaç beden darsın bu bedene ki
Bu kadar sıkıyor bünyeyi küçüklüğün
Geçilmiyor yine de bu ipek şeridi
Küçüğünün elinde büyümek
Vazgeçmek değil belki

Sensiz de büyürüm vazgeçilmez değilsin
Her şiirin bir intiharı vardır
Ve belki o zaman dallarımdan uçurumlar dökülür
Kendini soyacak kadar saf bir hırsız bükülür gövdemin kavisinden
Ve sensiz büyümenin
Mektep bacaları tüter
Yapraklarımın ilk yangınında
O vakit gövdeme çakarsın
Sabrının küfürlerini
Ve ben temizlerim apoletlerinin küflerini

Sensiz de büyürüm vazgeçilmez değilsin
Şu mürekkebin kopuk dili
Ne kadar anlatabilir
Gecemi işgale yeltenen bakamayışlarını
Tıpkı gözlerine bakamayışım gibi

Mevsimlik bir aşk nöbeti değil ki tuttuğum
Sesine susup sessizliğine konuşuyorum
Gözlerine ağrılarımı mumyalıyorum
Sensiz de büyürüm derken
En çok kendimi kandırıyorum

Bana şiiriyle sarılan bu adama hayretler içerisinde bakakaldım. Tüm olanlardan sonra böylesi bir mutluluğu elbette hak ediyorduk ama insan şimdi daha çok korkuyordu. Onu benden koparıp alacaklarmış gibi sımsıkı sarıldım. Onu yeniden dilediğim ağacın önünde onunla baş başa olmanın tadını çıkaracaktım. Bir trajedinin içinde el bebek gül bebek büyüttüğümüz sevgi şimdi emin ellerdeydi. Ona biz varken kimse zarar veremezdi. Bundan emindim. Bizden emindim. Babamın dönüp bizi bulmasından dahi korkmuyordum. Zaten dönmeye cesaret edemezdi.

Birden aklıma Aziz geldi.

- Adal?

- Efil?

- Hikâyedeki Adnos Aziz'di değil mi? Bunca zaman size, bize kendi hikâyesini anlatıyordu.

Güldü. "Evet."

- Ne zamandır biliyorsun bunu?

- En başından beri.

- Nasıl anladın ki?

- Doğru hikâye yeterince kulak verdiğinde kendini ele veriyor çünkü. Hiçbir hikâye onun kadar gerçek değildi. Hiçbir hikâye o hikâye kadar bana dokunmadı. Adnos'un gözü hep denizdeydi. Bir gün sevdiğine kavuşmanın umudu vardı o bakışlarda.

Durgunlaştı.

- Ama gözü açık gitti. Şimdi sonsuza kadar sevdiğini bekliyor olacak.

Yeniden onu kaybetmenin korkusuyla sarsıldım. O hikâyeyi dinlediğim anda olduğu gibi içim ona koşmak için çırpındı. Ona şimdi kavuşacağımı bilince bugüne varamamış olmayı düşünmek bile istemiyordum. Acaba Adnos da bir gün ona kavuşurum ümidiyle mi yaşama tutunuyordu? Adal'ın birilerinin canını yakmayı reddedip bir balıkçı olarak hayatına devam etmeyi göze almış bu yaşlı adama sadakati beni çok etkiliyordu. Hem ona hem Adnos'un anısına teselli olsun diye bir şeyler söylemek istedim ama sözlerim daha ziyade bir temenni gibi çıkmıştı ağzımdan. "Belki de kavuşmuşlardır."

Hüzünle gülümsedi. "Umarım."

Bir süre bu temenninin onda yarattığı etkiyi izledim. Bakışları burada olmadığının en bariz işaretiydi. Anılarda gezinirken insanın ruhu nasıl da başıboş bırakıyordu bedeni. Anılardan kurtulduktan sonraki özlem duygusu insanı yalnız hissettirirdi. Şimdi onları paylaşabilecek birine sahip olmanın verdiği güvenle konuştu.

- Onunla son konuşmamızı bugün gibi hatırlarım.

Gülümseyip ilgiyle dinlemeye başladı. Dudaklarının çizgisinde tanıdık bir hüzün kıvrımı oluştu.

- Son konuşma dediğime bakma. Onu dinlerken son olduğunu bilmiyordum ama hissediyordum. Bir daha hiç konuşamayacakmışız gibi bakıyordu gözleri. Sanki dudaklarından koparıp çalacaklarmış gibi alelaceleydi sözleri. Akşamüstüydü. Ateşte pişirdiği balıklarımızı iştahla yemiş, çadırın etrafını toplamasına yardım ediyordum. İşimiz bitince karşılıklı oturduk.

Anılarında karşılıklı konuşurken onları hayal etmeye çalıştım. Ateşin başında oturduğumuz güne gidip kendimi resimden çıkardım. Adnos'un kendi hikâyesini anlattığı o gün olduğu gibi yüzünde babacan bir ifade vardı yine.

- Şimdi beni iyi dinle evlat. Hiçbir öğretiyi sonraya bırakmam ben. Ölümün ne zaman ne şekilde geleceği belli olmaz. Belki şu anda son nefesimi vereceğim ve benimle birlikte öte dünyaya gidecek birazdan duyacağın nasihatler. Sen eksiğinle kalırken buralarda ben paylaşamamanın yüküyle gideceğim öte dünyalara... Bu tecrübelere bugün gereksinim duyan biri için yarın çok geç olabilir. O yüzden vakit kaybetmeden anlatmak istiyorum.

Adal'ın onu çok özlediğini anlayabiliyordum. Konuşurken her kelimesinde geçmişe dönüp onu kurtarma hissi yatıyordu. Düşüncelerimden bir haber devam etti. Benim için resmi tamamlıyordu.

- Önünüzde duran ve yalımları yüzümüzü yalayıp geçen ateşe biraz daha çalı çırpı attı. Sonra gözlerime bakıp anlatmaya başladı.

- Adal. 'İyi birisi olmak için mükemmel olmak zorunda değilsin, ama mükemmel olmak için iyi birisi olmak zorundasın.' diye bir söz vardır bilir misin?

- Hayır Aziz amca. Duymadım.

- Sen çok iyi birisin evlat. Yaşından çok daha ilerdesin. Yaşın ilerledikçe daha da iyi olacağına adım gibi eminim. Tek sorunun üzerinde masum bir saflık taşıman. Birileri fark etmediği sürece bu saflığın sana zararı olmaz. Ama asıl tehlike birilerinin bu saflığını fark ettiği zaman başlar. Neden biliyor musun?

- Neden?

- Çünkü kullanırlar. Yumuşak karnın neresiyse oranı yumruklarlar. Bu yüzden dostunu düşmanını iyi tanımalısın evlat. Görür görmez anlamalı ve önlemini almalısın.

- İyi de nasıl?

- Nasıl mı? Çok yolu var. Öncelikle insanların ne dediğine değil ne yaptığına bak. Ağzından çıkan sözlerin ne kadarını eyleme geçirdiklerini düşün. Konuşurken herkes mükemmel, herkes iyi... Herkes en akıllı, herkes en güçlü. Ama konuşurken! Kesilen ahkamlara değil, yapılan eylemlere bakacaksın. Nerede durduğuyla değil, nereye baktığıyla ilgileneceksin. Sana verilen değeri tartacak, kandırılma ihtimallerini toplamından çıkaracaksın. Değerlerinin değersizleştirildiği yerde bir an bile durmayacaksın. Gideceksin. Giderken de yola değil ayaklarına güveneceksin. Kendinden başkasına güvenmeyeceksin. Yanılırsın. Yanılmaya değil, yanıltanların güvendiklerin olmasına daha çok üzülürsün. Bir insanın ikinci yüzünü gördüğünde ilk yüzünü unutmayacaksın çünkü o iki yüz arasındaki fark ne kadar kandırıldığını gösterir.

Uzun soluklu yaşamdan soluksuz tavsiyeler akıyordu. Adal'ın bu sahneyi zihninde kaç defa canlandırdığını düşünmeden edemedim. Söylediklerini öyle bir kazımıştı ki aklına, tüm yoğunluğuyla onları bana sunabiliyordu. Ölümünden sonra onu ne kadar çok anımsamaya çalıştığını biliyordum. Çünkü annem öldüğünde de o gittiğinde de aynısını yapmıştım.

Adal bir süre soluklandıktan sonra devam etti. Yine Adnos'un ağzından konuşuyordu.

- Bir şey daha söyleyeceğim insanla ilgili. Duygular insan ilişkilerinde önemli bir yer tutar. Ama sevmek denen şey bazen bizi yanıltabilir. Bu yüzden şunu sakın unutma. İnsanları sevgimizle değil, aklımızla tanırız. Herkese ederi kadar değer vermelisin. Ben çok gördüm dışı kusursuz içi lüzumsuz insan. Bazı insanlar cehennem denen yeri içinde taşır. Kalplerinin taşlaşmış kısmından bahsediyorum. Sakın oraya düşme. Sen ona gül uzatırsın o sana 'ama bunun dikeni var' der. Seninle aynı yolda yürüyebilmesi imkânsız olan insanlarla bir sorun yaşamazsın. Gelmeden gider onlar. Seni, seninle aynı yolda yürüyebilecekmiş gibi yapıp yarı yolda bırakanlar yıkar.

Adal burada bakıp bana döndü. "İtiraz etmek istedim ona. Seni hatırlatmak ve Efil başka demek istedim."

Adal'ın sadakati, aşkımıza olan inancı bana cesaret veriyordu. Gülümsedim. Devam etti.

- Ancak izin vermedi. Durdurdu beni. "Tabii ki hata yapabiliriz. İnsanız." dedi. Bana tavsiye verdiğini ve onun acılarına düştüğü gibi düşmememi istediğini sanırken bunca zaman susuşunun acısını çıkarttığını anlamıştım. Aslında söyledikleri bana değildi. Uzun zaman sonra ilk defa kimsesi olmuştu. Çocuk yaşımdaki o kimsesizliğimle bunu anlamak güç değildi. Yetişkinlerin hayatının tam olduğunu düşünürüz ama bazen bizden daha eksik çıkarlar. Biliyor musun Efil? Kimin kimi nasıl tamamlayacağı hiç belli olmuyor. Bu yüzden onu kesmeden anlatmasına izin verdim.

"Ama hata ilkinde hatadır." dedi. "İkincide kaderin olur. Kendi hikâyeni yazmalısın Adal. Kendi hikâyesini yazamayan başka hikâyelere meze olur. Efendisi olduğu hayatın kölesine dönüşür ve yalnızca köleler başkaları tarafından kurtarılmayı bekler. Unutmamalısın; başkasının hikâyesinde figüran olmak seni kendi hikâyende kahraman yapmaz. Gözünü dört aç! Biri düşmanlarının, üçü dostlarının üzerinde olsun. Dürüst insan pek fazla yoktur; iyi yalan söyleyen insanlar vardır. Onların gözü doymaz, sınırsız bir iştaha sahip olduklarını sakın aklından çıkarma evlat. Onlar mutlu olmak değil herkesten daha mutlu olmak istiyorlar. Üzgün olduklarında ise herkesin kendilerinden daha üzgün olmaları için çaba sarf ediyorlar. İnsanlara karşı ne kadar alçak gönüllü olursan saygı da o oranda azalır. Tepeden bak demiyorum ama çok da boynunu bükme. Hayır demeyi öğren. Hayır demek evet demekten daha zordur. Bırak kibirli olduğunu düşünsünler. Önyargılara takılma. Seninle ilgili önyargıları seni değil, onların hakkındaki görüşünü belirlemeli. Belki sözlerimi anlamakta güçlük çekiyorsun şu an. O yüzden bunları zihnine kaydet. Bir ses cihazı gibi kullan beynini. Sadece kaydet. Büyüdükçe ve büyürken bu anlattıklarımı tekrar tekrar dinlediğinde anlayacaksın ne demeye çalıştığımı."

Adal anlattıklarının yoğunluğuna kapılıp ağırlaşmıştı. Şimdi daha yavaş konuşuyordu. Bugününden o anı yeniden tarttığını anlayabiliyordum.

- Gerçekten de öyle oldu Efil. Onu dinlediğim o akşam, söylediklerinin çoğuna yakınını anlamamıştım. Daha doğrusu anlamaya çalışmadım. Dediği gibi sadece kaydettim. Ne zaman hayata karşı zorlansam ya da yeni bir tecrübe kazansam beynimin içinde tekrarlandı o sözler, oturdu, anlam buldu, pekişti. Tam da Adnos amcanın dediği gibi oldu.

- Seni o kadar iyi anlıyorum ki Adal. Kafeste doğan her kuş dünyayı kafes kadar zanneder. Aziz sana dünyanın kafes kadar olmadığını öğretmiş. İnsan sayısının arttıkça insanlığın azaldığı, adaletin gücünün olmadığı bir yerde güçlünün adaletinin geçerli olduğu bir dünyanın iyi ve dürüst insanlarla düzelebileceğinin mesajını vermiş. Belki de bu yüzden asker oldun?

- Kim bilir belki de... Kötülüğe kötülükle karşılık vermek iyiliğe vurulan bir darbedir ve kötülüğü büyütmekten başka bir işe yaramaz derdi Aziz amca. Bu kadar iyi olmakla iyi mi ettik kötü mü bilemedim ama... Umarım kaybetmeyiz.

Bunu söylerken sesinde hüzün vardı. Bakışlarında o an beliren sönük ışık belli ki Adnos içindi. Elini sıkıca tutup "İyiler kaybetmez Adal," dedim. "Kaybedilir..."

- Ah Adal! Hayat gerçekten acımasız. Yenilirsin, düşersin kimse yardım etmez. Ama tek başına ayağa kalktığında herkes "yanındaydım" der. İnsanlar yüzü gibi değildir. Belki yenilmedik ama epey hırpalandık. Hayat vermedi; biz sökerek aldık. Ve sonunda yan yanayız. Dikeni battı diye gülden vazgeçecek değildik.

Birbirimize baktık. Göğsümde git gide büyüyen Adal aşkı yeşerip dudaklarına ulaştı. Soluklarımız karıştı. Artık biliyordum. O olduğu müddetçe soluksuz kalmayacaktım. Yavaş yavaş kendimi ona bıraktım. Kollarında tepeyi inmeden önce soluk soluğa tekrarladım.

- Öp beni. Uyku gibi öp gözlerimi. Sadece seninle huzur buluyorum.

SON